something 22

サムシングプレス

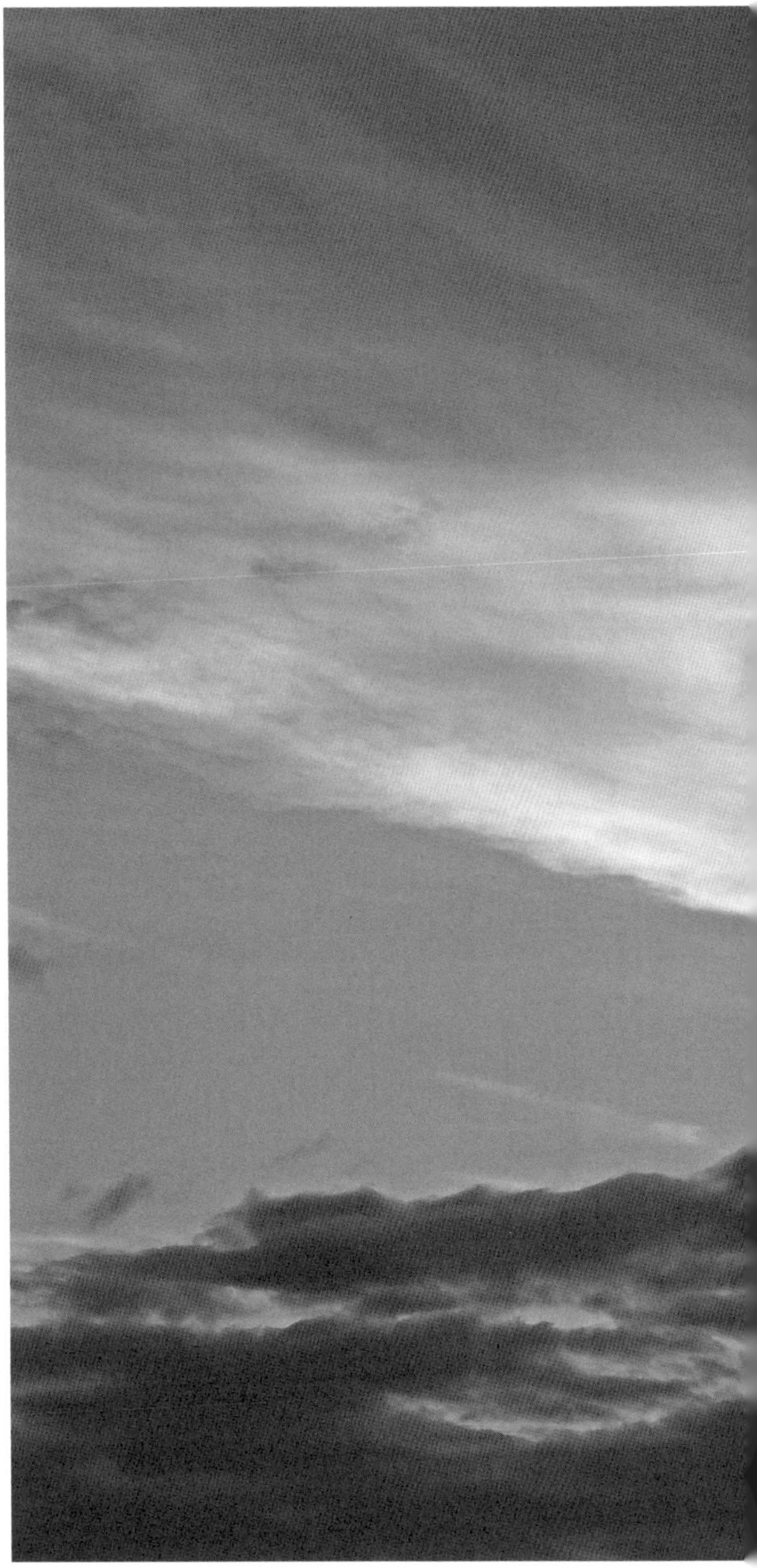

高良 留美子

こうら　るみこ
一九三二年東京生まれ。十八歳で夭折した妹・高良美世子の『誕生を待つ生命──母と娘の愛と相克』（自然食通信社）が今年中に出ると思います。現代詩文庫『続　高良留美子詩集』（思潮社）も、おそらく……。

胎児

「以前未遂をなさったときに、とても打撃を受けておられて……誰かが誰かのことを話している。……本番ではほとんど意識がない状態で……」

妹のおなかにいた胎児のことだろうか。わたしが死なせてしまった胎児のことだろうか。

わたしは（自殺）未遂をしたことはない。妹は妊娠することはなかった。

誰のものでもない胎児、子宮を失ってしまった赤ん坊……それはいま、わたしの家の小さな庭の叢にうずくまっている。地球の迷路に踏みこんだ、天からきた孤児のように。

自分が死んだことをいまも知らないでいるのかもしれない。

（『詩と思想』二〇〇九・五）

歴史劇

竹林の切れるあたりが、即席の舞台になるはずのところだ。

彼方で、日本兵の兵隊帽がカーキー色の影のように、雲のように動いている。

どこからかひとが出てきて、一体の白い人形を地面に置いた。それは「人」の字の形をしていた。粗い布でこしらえた人形に目鼻はなく、なかには綿が詰まっているようだった。

それが母と娘の死体だということが、わたしにわかった。

集まってくる村人たちの前で、劇がはじまろうとしていた。

（『抒情文芸』二〇〇八・七）

天空のドラマ

地上では人と人の関係が熱を帯び、もつれ合い、固まり合ってうごめいている。わたしもその一人だ。

見上げると、頭上に一面の濃紺のドームが広がっている。

地平線すれすれに巨大な北斗七星が横たわり、振り返るとあの三ツ星が、はっきりと、斜めに地上を指している。

壮大な天空のドラマである。

その人の名前

黒枠に囲まれたその人の名前が壇上にかかげられている。文字の周囲が瑠璃色の光を放っている。が、なぜか写真はない。

組織がかれを顕彰している。その人は組織のために特別の任務を負って働いていた。陰に暗いものを秘めた任務だ。そして過労のため急死した。

その人の妻が幼い子らと共に顕彰を受けている。

その人の名前の輪郭が、瑠璃色の光を放っている。

人間の壁

最上階が富豪の方がたのお部屋になっております。ホテルの入り口でウェイトレスが教えてくれた。女の国際会議は下の階すべてで開かれる。わたしはエスカレーターで最上階に行ってみた。セレブたちの流れがスムーズにいくかどうか、調べなければならない。

彼女たちを呑みこんで、部屋々々の扉はぴったり閉ざされていた。前の広間に、別の女たちが集まっている。雇用者《リーダー》の命令で、一人ずつ床に横たわる。背をこちらに向けて、一人の上に別のひとりが、その上にまたひとりが。

褐色の直毛、黒い縮れ毛、赤毛、白髪混じり、まれに金髪、まちまちの髪が重なる。模様入りのワンピース、ジーンズ、色もののパンツと、服装もさまざまだ。

やがて彼女たちのつくる壁が完成するだろう。部屋から出てくる富豪の女たちが迷わずに会場へ行けるように、命令一つで動く伸縮自在、出没自在の人間の壁だ。

一人一日何ドルかでかき集められた女たちの群れだ。向こうを向いているため、顔は見えない。

しかしいずれ、彼女たちはこちらを向くだろう。

校正

わたしは夫の本の校正をしている。

目次には二つのエッセイの題名が並んでいる。そこだけ光が当たったように、赤く輝いている。しかし原稿が入っていない。入れた記憶はある。だが詳しく読んではいない。空白が広がっているだけだ。

「原稿がありません」などと鉛筆で、最初の校正者が書きこんだページもある。たしか短いエッセイだった。晩年のもので、最後から三つか四つ目に書いたものだ。書き始めた頃の昔の記憶を書いていた。遺稿のなかから探し出して、入れた記憶がある。

どこへ行ってしまったのだろう。あの厖大な原稿のあいだに塗り込められてしまったのか。それをもう一度探し出す余力がわたしに残されているだろうか、ぶんぶん唸りを上げている蜂のように集合し、あちこちを向いて飛び立とうとしている文字のなかから？

あの夢

家に戻ってくると、夫と娘が居間から現れた。わたしは風呂場の方へ行こうとするのだが、二人はしきりにそれを止めようとする。何かいったり廊下を塞いだりして、わたしを居間のほうへ導こうとするのだ。風呂場のタイルの上に男の死体が横たわっているのを、わたしは知っている。中年で小柄の、見知らぬ男性だ。夫と娘は、わたしがその男を殺したと思っているらしい。しかしわたしは人を殺した覚えはない。ただその人が風呂場で死んでいるのを知っているだけだ。

夫と娘は、わたしがその死体と出会うのを避けようとしている。わたしの殺人が暴かれてしまうからだろう。二人の態度に、わたしは家族としての思いやりを感じた。しかしかれらはわたしがその殺人を犯したと信じこんでいる。不可解でならない。

あの男は何者だろう。なぜそこで死んでいるのだろう。誰がかれを殺したのだろう。本当に殺人者はわたしなのか?

家を出てから二十年ほどになる。最初の十年と少しはマンションに住み、次の五年は生家に住んだ。その間の、自伝的長編小説を書いていた時期にあの夢を見た。わたしは家族を捨ててきたのだったから、夫と娘の思いやりは心に沁みた。でも〈あの死体はなんだろう〉という思いが、澱《おり》のように心に沈んだ。

あの夢は、友人の下の息子がバイクの事故で亡くなったあと、彼女から聞いた話とつながりがある。事故の少し前、友人は風呂場のようなところで丸坊主になって横たわる息子の夢を見た。事故のあと、かれは頭の毛を剃られ、丸坊主になって一週間以上も救急治療室に横たわっていた。脳死状態になり、脳の手術を受けたのだ。呼吸もしている、触れば体温もある、しかしかれの脳はすでに死んでいるのだ。

死後見つかったスケッチブックには、いくつもの頭部のデッサンのなかに、死んだ息子を嘆く母親の顔があった。試験管のなかの母の涙と共に。かれは建築科の学生だった。

わたしが夢に見た死体は丸坊主ではなく、青年の死体でもなかった。

小説の冒頭に、女主人公が部屋の壁をこすりながら、「この壁のなかにわたしが殺した死体が埋まっているみたいだ」と思う場面がある。わたしは自分が無意識のうちに殺した死体を探す小説を書いたのだろうか。

(二〇〇四・四・二九、木曜)

Essay

Kora Rumiko

戦後の死者たち

凍死・発疹チフス・食糧不足

敗戦の秋、ようやく切符が買えて疎開先の塩沢町（新潟県）から東京に戻ってくると、焼け跡にはバラックが建ち並び、背の高いたけにぐさが群生していた。妙正寺川の対岸で盆踊りが始まり、焼け跡から東京音頭の空しい明るさが響いてきたとき、わたしは絶望的な気持ちになった。人びとがもっと戦争に怒っていると思っていたのだ。

ついで厳しい冬がきた。新聞には毎日、上野の地下道で凍死した人の数が発表された。三〇人以上の日もあり、一〇人台というのは少ないほうだった。

その冬は発疹チフスが流行した。四月、わたしは別の女学校に転校したが、クラスの友人たちが、尊敬していた男の先生がチフスで亡くなったことを歎いていた。

食糧不足は夏がピークだった。農村の働き手が兵隊にとられていた影響が、夏になって表れたのだ。そのため学校の夏休みは一週間早められた。わが家でもご飯は丼一杯と決まっていて、畑仕事に精を出していた父には気の毒だった。たまに鹿児島の親戚が送ってくれるいも飴が、ありがたかった。配給されるのは大豆かすや〝喜美餅〟という正体不明の茶褐色の板状のものなどで、お米は常に足りなかった。

それでも父の医院には、畑にする庭と、空襲で焼けた病室一棟の焼け跡があったので、助かった。わたしは収穫した小麦を石臼で挽く仕事などを手伝った。家々にはイースト菌が飼われ、木の板とブリキ板でつくる手製の電気パン焼き器が普及した。進駐軍放出の白い小麦粉も配給されるようになったが、蛋白質は不足していた。わたしは河州のハコベでウサギを飼ったが、繁殖に失敗し、肉はさすがにあまり食べられなかった。

事故・過労と病気・インフレーション

戦時中からの資材不足や電力不足がつづき、通勤・通学電車は異常に混んでいた。車輌に乗れず、それでも勤め先や学校に間に合おうと、連結器の上に乗る人たちがいた。走行中にそこから落ちて死ぬ人の名前と年齢が、新聞に載った。若い男性が多く、一七歳の少年もいた。せっかく戦争を生きぬいたのに、といたましく思ったものだ。

あるとき目白駅の近くでその種の事故が起こり、ガードの上から飛び散った肉片が見えるという噂が立った。中年の男性らしかった。恐る恐る覗きこんでみたが、それらしいものは見えなかった。

ある時期に知り合った女性は、戦後夫を過労からの病気で失い、四人の子を育てるのに本当に苦労したといっていた。当時会社の住み込み寮母をしたという。当時は四人や五人の子どもがいるのは普通だったし、占領が終わってからも民間人には恩給が下りることもなかったのだ。

六年で学童疎開したわたしの下級生に、戦後亡くなった男の子が一人いる。戦争中かかった肺炎の予後がよくなかったのだ。わたしは戦後二年目、中学三年の暮れ近くに肋膜炎を患い、洗面器に半分ほどの黒ずんだ水を太い注射器で吸い出してもらった。

戦後は生き残った兵士たちが続々と帰還し、猛烈なインフレーションのなかで闇市には生きぬく意欲が騒然と溢れていたが、戦争中から引き続いて死の季節でもあったのだ。

そのいっぽう、外地で日本人がしたことは急速に忘れ去られていった。いや、人びとは忘れようとしたのだ。このことは最初にのべた絶望感と無関係ではない。もっと深く考えなければならない。

川越 文子

かわごえ　ふみこ
一九四八年岡山県生まれ。詩集『ときが風に乗って』『対話のじかん』『生まれる』『魔法のことば』他。児童書『坂道は風の通り道』『かこちゃん』『お母さんの変身宣言』他。図書館の子ども読書活動推進講座「詩を読んでみよう書いてみよう」講師。

海に入る

戦後五十年といわれた頃
父が話してくれたことがあった
父は戦時中海軍兵だった
海軍ことば
　ツリドコ——麻布製ハンモック
グルーム——掃除のときの柄つきブラシ
ラッタル——艦の階段（その昇り降りは必ずかけ足）
水葬——新しい毛布で遺骸を巻き、名札をつけ、弔銃と
　　喇叭のなか一体一体落下する、……しばらくは
　　航海流の上に浮かんで艦に追いすがるかのよう
　　に見えるが、やがては……、海中に沈む……。

かわいそうじゃった
父の話はそこでおわった

かわいそうじゃった

そのひとことを残して
父は
ずぶずぶと海に入っていった

（詩集『対話のじかん』より）

園丁は静かに歩く

太陽はまだ低く
春菊の露をかすかに照らし出す
葱の筒は夜の話を吸いあげたまま
丸く丸く立てり
大根の畝の穴にも
いまだ残る夜の声
ひとつきりの実を称えるかのごとく
無花果の枝に張りめぐらされた蜘蛛の網に
露　光る
朝ぼらけ　白い背中
まあお父さん早いこと

もう草取り？
いえ振り向かないで
わたしが横を過ぎるまで
死ののちもこうしてときどき
庭に出てくるお父さん
山裾の雑木林で樫の葉が一枚落ちたのだ
谷川の水が
その葉を乗せてこっちへ来る
わたしが立つところまで
園丁は　静かに歩く

（詩集『対話のじかん』より）

時をくぐり抜けて

タイムトラベルが出来るなら
万葉か平安の時代へ行ってみたいと思っていたが
私は
歳を重ねた
六十五歳
今なら
二十歳《はたち》の頃の私のところへ行ってみたい
十月に姉が嫁ぎ十一月に母が逝き
円い五角形だった家族が息をのむ間もなく三角形に
なってしまった
あの秋——
寂しさと不安
小さな失敗と大きな孤独をいつも
尾っぽのように垂らして
両の手に握りしめている、青春、の二文字——
——あの娘《むすめ》に
　逢ってみたい

（詩集『時をくぐり抜けて』より）

時の風は……

君は明るい四歳
おばあちゃんは
君と母さんの買い物について行くのが好きだ
一昨日《おとつい》は君
出がけに母さんからこんこんと言いわたされていた
「きょうはパンだけ、お菓子は買わないからねっ」
だけど君は
スーパーに着くと迷わずお菓子売り場へ直行
母さんは追いかけて言った
「そこは悩むとこじゃあねえ！」

きょうはお菓子も買ってもらえるって
君はまたまっすぐお菓子売り場へ
母さんとおばあちゃんが野菜や魚を買って
お菓子売り場に着いてみると
君はキャラクター菓子の前で
人生の一大事と言わんばかり真剣な顔
母さんは苦笑いして言った
「ここで正座はやめて、正座は」

時の風が
ほら、にぎやかなスーパーの中でも吹いている
おばあちゃんが母さんで
母さんが君だった頃も
ほん　このあいだ
おばあちゃんは母さんに言ったもんだ
「ふたつはだめよ、ひとつだけ」

時の風は
吹きやまないから
すぐに君を青年の群れへ連れていくだろう
ほら
おばあちゃんには
その風の色まで
もう視えている

（詩集『ときが風に乗って』より）

……できるなら

北海道で「少年よ大志をいだけ」と説いた
クラーク博士の像は
一日中右手をあげっぱなしだったらだるいので
夜中農場にだれもいなくなると
その手をおろしてやすめるのだと言った
詩人がいた

浦島太郎のお話で
たすけてやったカメが竜宮城につれていってくれた
と読んでもらって
スルメを砂浜にうめ
イカにもどったらぼくを呼びにきてね
とお願いしているおとうとがいる

もう話ができないはずのものでも
うごくようになれることがあるのなら
わたしも言ってみる
お母さん
ゆうれいになってでもいいから
もう一度この家へ
　帰ってきて

（詩集『ぼくの一歩ふしぎだね』より）

Essay

Kawagoe Fumiko

海に入る

童話も書いている。童話は、大まかなストーリーを頭において書き始める。しばらくすると、現実にはこの世にいない子、想像力で生み出した子が、まるで自分のすぐそばにいるような感覚がおきてきて、その子が前を歩きだす。私の場合、物語はそうして書ける。

詩は、違う。心のなかで、もやっていたものが何かに触発されて言葉になりたがり、ほぼ一気に詩になる、そんな感じだ。

もちろんそれは作品の長短ではなくて、詩と物語は、違うものだと思っている。

けれどそれなら、詩と物語が交差することは全く無いのかといえば、そうでもない。物語として書いたけれど、気がついたら、詩になっていたという作品が、今までに二篇ある。

「海に入る」は、そのうちの一篇だ。

この詩は最初、六年生の女の子が、おじいちゃんは痴呆という病気ではないか、と心配する物語として、童話の同人誌に発表した。

私は三十代のおわりに、父とふたりで広島県呉市安浦を訪ねたことがある。

父は四十年ぶり、私は初めての地で、駅舎を出たとき海からの風がまだ冷たい春の日だった。

駅前で父は、すっかり変わった、という目つきだったので、「どのあたりが我家だったか判る?」と尋ねた。「それは判る」と即座に答えて、すたすた歩きだす。ほどなく長い橋を渡ると、道は海にそってつづいていた。やがてその道が出っ端にさしかかったところで、しきりに右ての山肌を見やっていた父が、「ここだ」と、山へ登る小道に入った。

この道の先に、戦時中海軍兵として呉で働いていた父が、母と結婚したので、離れを借りて新婚時代を過ごした家があるというのだ。もう無いかもしれない。それに人だっていないかもしれないのに、父は手みやげまで用意していた。

母が亡くなって二十年。父はこの家を見たいというより、母を偲びたくてここへ来たかったのだと思った。私もそれでついてきたのだから。

山と思ったけれど、ほんの数分登るだけで、すぐ平地に着いた。緑のなかに四、五軒人家がある。その人家の間をまっすぐ進んでいた父が、白い壁の前で止まった。

家は、あったのだ。門構えのしっかりした家で、当時のまま母屋も父と母が暮らした離れも建っていた。

けれどそれは、ひと目で無人になって久しいことが分かる様子の家だった。

父は、長い時間そこに立っていた。

やっと帰る気になると、来た道をまたすたすた進む。

さっき登ってきたところ、出っ端の先で止まった父は、海や来た道を見下ろしたまま後ろの私に言った。

「駅からの道が見えるだろ。母さんは、夕方父さんが帰るころになると、ここに立っておった。けど帰っているのを見つけたら、しらん顔をして先に家へ帰っとてな、父さんがここまで登ってきたときにはいつもおらんかった」

母はそのとき、十九歳だった。

まだ初々しかった母の思い出をうちあけると、それから急に急ぎ足になって降りていったあのときの父が、とても強く心に残って、私は物語の最後の場面に書いた。

――おじいちゃんは、真夏のまぶしい光の下、まるで眼下の海に入っていくかのように、ずぶずぶと、坂道を下っていった。

二〇〇一年に書いたこの物語が、二〇〇九年刊の詩集『対話のじかん』の中の一篇になっていた。

無重力状態へ突入するための夜ごとに

鄭淑子

鋭敏は空間の広がりです

ともすれば痛みを分散してくれますが、回復すれば軌道につながったりもします

あられが吹きつのる空っぽの夜
窓際に置かれたロウソクをみつめていました。ロウソクはかすかに吹きこんでくる風を受けて（仕方なく）揺れるのでした。わずかだけどしなやかに揺れては、緊張し、消えかかり、ふいにまた燃えあがったりもしました。その繰り返しは夜が明けるまで繰り返されました。

ロウソクは単独者*でした

自分の中の自分を取り逃がさないようにおさえつけ—しきりに心を焦がしてみたのだけれど

彼は風の流れを愛しました
何かが吹き込んでも……ほんの少しの刺激にも耐えられるロウソクになろうと……本当に多くの夜にまぎれこみました。「鋭敏」は未来の介入です。「意味なく揺れないように」という切なるメッセージがこめられています。しかしそれは果たしてたやすいことでしょうか。

鋭敏は霧状の雲です

ロウソクは次第にめまいをも超越した光となって窓際の夜を見守っています

訳注
＊単独者：デンマークの思想家キルケゴールによって定義された哲学用語。

チョン・スクジャ
一九五二年、全羅北道金堤生まれ。一九八八年、《文学精神》で文壇デビュー。一九八七年、第一回黄眞伊文学賞を受賞した。詩集に『実より強い葉』、『根の深い月』、『井邑詞の月夜のように』など八冊があり、散文集として『明るい音符記号』、『幸福音符記号』などがある。

무중력상태로의 진입을 위한 밤들

예민 (銳敏) 은 차원입니다

결핏 통증을 분산하지만 추스르고 나면 궤도가 되기도 하죠

싸락눈 들이치는 텅 빈 밤
창가에 놓인 촛불을 보았습니다 . 촛불은 새어드는 바람결 따라 (어쩔 수 없이) 흔들렸습니다 . 조금씩 휘청거리다가 긴장하다가 까무러치다가 문득 일어서기도 하더군요 . 그리고 그 무너짐은 날이 샐 때까지 반복되었습니다 .

촛불은 단독자였습니다

제 안의 자기를 놓치지 않으려고 연해 – 연신 애끓었지만

그는 기류 (気流) 를 사랑했습니다
무엇이 들이치더라도… 눈금만큼이라도 덜 자극받는 촛불이 되려고… 무척이나 많은 밤을 축냈습니다 . ‘예민’ 은 미래의 개입입니다 . ‘섣불리 흔들리지 말기를’ 간곡한 메시지가 담겨 있어요 . 하지만 어디 그 일이 수월할까요 ?

예민 (銳敏) 은 층운입니다

촛불은 차츰 현기증 넘은 빛으로 창가의 밤들을 지켜냅니다

欠如の弾む力

無が私たちの目の背後にかくれている
それが私たちを待っている
岩よりも空よりももっと後ろ、はるかその向うに
欠けてしまったもの—それは
あの方からのもっとも緻密なカード
すべての人に万遍なく配られたリンゴ、あるいは梯子
やっと届いて、もぎ取ったとたんさらに赤く色づく
ともし火あるいはふらつく梯子

あの方の全能はすでに現れたものには存在しないのだ
未発見で未完の魅惑的な多角形のリンゴ
未だにみつけられないもの—遥か遠くを
星が散りばめられた虚空を回りながら

あるべきものをあるように導き
虚弱な心を奮いたたせ
私たちを少しずつ前進させる門
「さがせ。開け」最初の壁でありながら無限増殖していく
欠落したもの—その門の前で

今まで「存在するもの」が総動員される
徒歩と推測—果てしない航海

あの方向、天地創造の頂点はまさにそこにある
各自が取り出して持っておくよう振り分けられた
リンゴ—彼方にきらめくともし火

결여의 탄력

없는 것이 우리의 눈 뒤에 있다
그것이 우리를 기다린다
바위보다 하늘보다도 뒤쪽에 항상 저쪽에
빠뜨림—그것은
어떤 분의 가장 치밀한 카드
모든 이에게 골고루 흩뿌린 사과 , 혹은 사다리
끊임없이 올라서지만 따고 나면 금세 더 붉게 열리는
등불 , 휘청 사다리

그분의 전능은 이미 드러난 것들에 있지 않다
미발견의 미완의 매혹의 다각형 사과
아직 없음—아득히
별 섞은 허공을 돌며

있어야 할 것을 있게 하고
허약을 돕고
우리를 조금씩 나아가게 하는 문
'찾아라 . 열어라' 최초의 벽이며 무한증식의
궐여—그 빗장 앞에서

이제까지의 있음들 총동원 된다
도보와 추측—끝없는 항해

어떤 분 , 천지창작의 정점은 바로 거기
각자가 꺼내 갖도록 골고루 배분한
사과—저편의 등불

山は越えた者のためにある

歩いていく途中行き止まりになったらそこからが山である
山を越えなければその向こうの道には出会えない
平地にあって山裾を隠した山は狎鴎亭洞*交差点の居間や椅子、
集中治療室のベッドの上にもある山を崩すときは山を起こした風にまず聞いてみるべきだ
私たちはみんな独りである
行けば行くほど坂道しかない
大勢の人が同じ道を一緒に歩いていてもその道はそれぞれ違う道である
それぞれの立場によって道は違う
地上のすべての道は別々の観点に導かれた道である
山に長い間登っていると人も山になるのか、顔のどこかに滝が潜み、
苔が生えて蝶になる前の幼虫も抱いて育てる
前世を渡ってきた足がその地に発芽したその瞬間から山が待ち伏せているのだ
山は至るところにある
どこにでも視線を投げれば山が山を背負ったり倚りかかったりしているのがわかる
闇にひそむ非常に高いあの赤い山々をいったい誰と誰、皆が越えていったというのだろう

訳注
＊狎鴎亭洞（アックジョンドン）：韓国ソウルの繁華街の一つ。

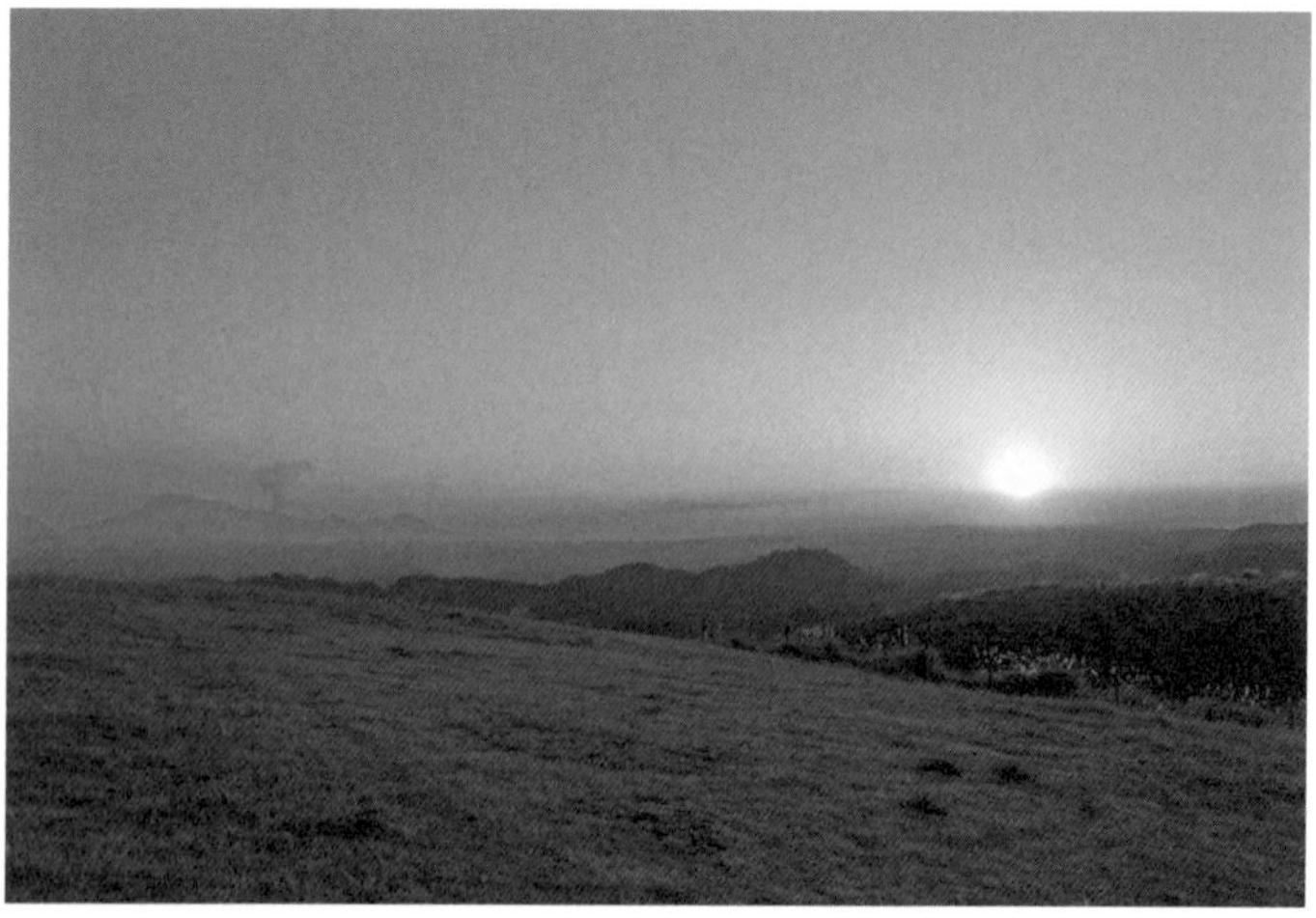

산은 넘는 자의 것이다

가다가 길이 막히면 거기서부터가 산이다
산을 넘지 못하면 그 너머 길을 잇지 못한다
평지에 허리를 감춘 산은 압구정동 네거리 거실 의자 중환자실 침대 위에도
있다
산을 허무는 일이야 산을 일으킨 바람에게 물어야 한다
우리 모두는 혼자다
갈수록 비탈일 수밖에 없다
많은 이가 한 길을 함께 걸어도 그 길은 제가끔 다른 길이다
관점이 길을 바꾼다
지상에 난 모든 길은 관점으로 가는 길이다
산을 오래 타다보면 사람도 산이 되는지 얼굴 어딘가 폭포가 숨고 이끼가
끼고 나비가 되지 않는 벌레도 안고 키운다
전생을 건너온 발이 여기 발아된 그 순간부터 산이 매복하고 있었던 게다
많기도 하지
어디든 눈을 던지면 산이 산을 업고 또 기대고 있다
어둠이 다락같은 저 붉은 산들을 누가 다 넘어 갔을까

循環と連鎖

テキストは立ち去り
テストになって戻ってくる

戻ってきたテストは再びテキストになり
そのテキストもまた別のテストとなって戻ってくる

すべての実在と現状は　∴
テストであり、テキストであるという仮説が可能である

何はともあれ、とにかく、どうであってもテストはテキストに、テキストはテストへの循環線上に置かれる。その軌道を通常は逆境 / 桎梏と想定する。支払われた苦痛と絶望の結果として成熟を期待するが、宇宙の秩序は単純な関数ではない。あるテキスト、テストのどちらにもなれない一人称の生存のファイルは毎日のように新たに書かれ、書き直され、消され、また書き直されるべきである

生活とは神の言葉、
気象条件を超越できるパイロットなんてどこにいるだろう
正解を知らぬまま
揺れる球体の上を
彷徨しては帰ってくるテキストとテスト
風に混ざった多くのアート

自分の背中を突き破って飛んでいった蟬も一行のテキストを残した。それもやはり長いテストの後日談というわけだ。春と秋は早く回り、冬は長い。この夜、またも血縁が去っていく。テキストでもありテストでもあった一つの生涯。自らの役割に閉じ込められて意のまま泣くことさえできなかった彼はどの空、どの太陽、どの雲を借りて、わだかまったまま降りつもった皺を解き放つのか。

悲運にも肋骨をはたかれるたびに
神の言葉に耳を傾ける

最後まで残ったコオロギが懸命に鳴く
あれもまた自分の陰で
最後まで最善を尽くして鳴いているのだろうか

순환과 연쇄

텍스트는 떠난다
테스트가 되어 돌아온다

돌아온 테스트는 다시 텍스트가 되고
그 텍스트 또한 또 다른 테스트로 재현된다

모든 실재와 현상은 ∴
테스트 텍스트라는 가설이 가능하다

무엇이든 어떻든 어찌됐든 테스트는 텍스트로, 텍스트는 테스트로의 순환선에 놓인다. 그 궤도를 흔히 역경/질곡이라 상정한다. 지불된 고통과 절망의 매듭으로 성숙을 기대하지만 우주의 질서는 단순 함수가 아니다. 어떤 텍스트 테스트에도 익숙해지지 않는 일인칭 생존 파일은 매일매일 새로 쓰고 고쳐 쓰고 지우고 다시 써야만 한다.

생활은 신의 언어,
기상 조건 초월하는 파일럿이 어디 있으랴
정답을 모른 채
흔들리는 구체 위에서
방황하다 돌아가는 텍스트와 테스트
바람에 섞인 아트(art)들

제 등을 뚫고 날아간 매미도 한 줄 텍스트를 남겼다. 그 역시 오랜 테스트의 후일담이려니. 봄가을은 빨리 돌아가고 겨울은 길다. 이 밤에 또 혈육이 떠나고 있다. 텍스트이기도 테스트이기도 했던 한 질의 생애. 스스로의 몫에 갇혀 뜻대로 울 수도 없었던 그는 어느 하늘 어느 태양 어느 구름을 빌려 맺히고 쌓인 잔물결 풀어 놓을까.

비운에 갈빗살 털릴 때마다
신의 언어에 귀 기울인다

마지막 남은 귀뚜리가 성실히 운다
저 역시 제 그늘을
최후까지 최선을 다해 긁는가

私のニルバーナ*

華厳経　初めてこしらえた我が家の居間で
椅子に深く座ってしわくちゃになった私は
数十年しきりにこの思考の墓を探していた
墓には一年に一度くらいは土を盛り
たまに雑草の茎を穿り出す
それぐらい私は墓の世話をしてきた
芝生の根と遥か遠くの空との間、久しぶりに
浄化された時間が「キラキラ」と光りながら音を出せば
天地いっぱいに花の雨が降る
墓とは静けさと静けさが体に触れ合うところ
墓とは静けさと静けさが言葉を交わすところ
川の水が海に向かって流れる真夜中になれば
私の生の騒乱は一つ所に集まり静けさに向かって歩く
あんな墓にどんな変化があるのか
だけど墓も黒く燃え
蘇っては風に耐える、ノーホーノーホー*
まっとうな死を待つ
丸がある日畦になり
市場になり再び青山になると、そのときまさに
静けさは静けささえ知らなかった静寂にたどり着くだろう……
華厳経の最初のページを開くとあらわれる新暦二月の日差しの中で
羽の中になめらかな体をうずめたままだった
危うい空のかなたに一羽の鳥が消えていく

訳注
＊ニルバーナ：「涅槃」という仏教用語。全ての悩みや苦しみから自由となり、真理を悟った境地。仏教の究極的な目的である。
＊ノーホーノーホー：昔の韓国で人が死者の棺を運ぶときに亡くなった者への弔いと、残った家族への慰労の気持ちを込めて歌った歌の一句。

나의 니르바나

화엄경 첫 장만한 우리 집 거실에서
의자 깊숙이 구겨져 묻힌 , 나는
몇 십 년 뒤적거린 사고의 무덤이다
일 년에 한 번쯤 흙 돋우고
더러더러 잡풀 줄거리 들추어내는
그쯤으로 나는 무덤을 돌본다
잔디 뿌리와 머나먼 하늘 사이 , 모처럼
정화된 시간이「초롱」하고 소리를 내면
천지에 가득 꽃비가 온다
무덤이야 고요와 고요가 몸 비비는 곳
무덤이야 고요와 고요가 말 나누는 곳
강물들 바다로 달리는 오밤중이면
내 삶의 소란은 한데 모여 고요를 향해 걷는다
제깟 무덤이 무슨 변화가 있겠느냐고 ?
그러나 무덤도 까맣게 타고
살아나고 바람을 견딘다 , 너호 너호
아주 죽을 죽음을 기다린다
동그라미 어느 날 밭두둑 되고
난장이 되고 , 다시 또 청산이 되면 , 그때 바로
고요는 고요조차 모르는 고요이려니…
화엄경 첫 장 열린 양력 2 월 햇빛 속에서
깃털 민숭한 몸을 오므린다
아슬한 공중으로 새 한 마리가 사라진다

日本語訳　崔喜圓（チェ・ヒウォン）　監修　韓成禮（ハン・ソンレ）

一九七五年、全羅北道全州生まれ。圓光大学日語教育学科卒業。日本勤務の時に接した日本の文学作品に深く感銘を受けて翻訳家になろうと決心。その後、韓国に帰国し、日本系企業で翻訳・通訳の仕事の傍ら、詩人及び翻訳家である韓成禮氏に師事している。

伊藤　啓子

いとう　けいこ
一九五六年山形県鶴岡市生まれ。現在山形市在住。三十代前半から詩作。詩集『ウコギの家』『夜の甘み』等。「きょうは詩人」同人、個人通信「萌」主宰。趣味は寅さんと健さんの古い映画観ながらご飯食べること。子どもの頃から好きだったものが音符と活字。年を経ても根っこの部分はあまり成長せず、今はオカリナと詩に精進中。

春祭りの頃

林檎が四本植えられていた
木の下で遊んでいて
見あげると
枝の隙間から空が見えた

ふわりと
白い大きなものが目の前に現われて
雲が落ちてきたのかと思った
白い馬が
じっとこちらを見ている
柵越しに見るよりずっと大きかったが
怖いとも思わず
しばらく見つめ合っていた
表の方が騒がしくなったせいか
ぷいと後ろを向いて
馬小屋の方へ戻っていった

馬が来なかったかと訊かれ
あっちと指差した
柵を修理してもらわねばと怒る祖母の声や
恐縮する隣家の馬主の声が
林檎の木の周りで響いていた

祭りの日の家は
かすかに
不埒な匂いがする
どこからか大勢のひとたちがやってきて
酒を酌み交わし笑い合う
隣家の門に立ち
皆で白い馬の出陣を待つ
よろいかぶとに身を固めた馬主に連れられて
馬が奥から出てきた
色鮮やかな装束をまとい
顔の回りで垂れた金銀の組みひもが
うるさそうに左右に揺れている
すぐ近くにいたのに
黒い瞳はわたしを見もしなかった

行列を見に行くかと言われたが
あんな恰好で歩く馬は見たくなかった

（「きょうは詩人」23号）

夏のきょうだい

ことしの梅雨は明ける前から
人の出入りが頻繁で
とても慌ただしかった

黒いネクタイを締めたおとこが
稲妻を縁側から眺めて
一日中酒を飲み続けていた
梅酒用に買っておいた焼酎まで飲みつくすと
まだ雷がごろごろ鳴る中を帰っていった
だれの葬式に行ってきたのか訊きもしなかった

ぐっしょり濡れたおんなが足元に
大きな水たまりをつくっていた
朝から上がったり下がったりすると
午前中は血圧のことばかり言い
午後はプールでまっすぐに泳げないと繰り返し
愚痴も一日聞き過ぎると
しゃっくりか雨音と同じに聞こえるのだった

留守をしている間に
だれかがやってきたらしかった
昔みんなで撮ったものを見つけましたと
手紙と写真が湿ったポストに入ってあった
黄ばんだ集合写真の
目の部分が
全部くり抜いたように焼かれていて
誰がだれだかわからなかった

おんなの声で電話がかかってきた
あんな写真いつ撮ったのと訊くと
どこの家にも
ああいうものは隠れているわよと
もったいつけた言い方をして
電話は切れた

朝夕カナカナがしずかに鳴き
夏が影を落としはじめる
ひとの気配がかすかに動く

（「個人通信 萌」43号を改稿）

秋の幻燈

あの夏の終わりは忙し過ぎて
最後の蝉がどんなふうに鳴いていったか
聞き届けることさえしなかった
幾度か手紙が来ていたが
返事を出しそびれてしまった
斜めに積まれた本の上に
ひと夏分の塵が
うっすら被っているのを見た

あの駅の階段はとても疲れる
一段一段が
ひどく低くつくられているから
踏みしめるように昇り降りする
こんなに低くちゃかえって疲れると
お年寄りたちが膝をさすり
子ども達はぴょんぴょん
二段跳び三段跳びして叱られる
ひとびとの流れの中に
なぜだか旧制中学の服を着た父を見た

すれ違いざまに
アケビは食ったか　イチジクは煮たか
柿はなったか　ザクロ酒はつくったか
矢継ぎ早に訊いてくる

そういえばみんな実のなる木ばかりだった
あの木は全部倒してしまいました
わたしの棲む森はずいぶん変わってしまいました
ホームに立ったまま何も言えずにいると
若者のような足取りで
父がさっさと汽車に乗り込んでいくのを見た

夏の寝不足を取り戻すように
眠りが深くなった
寝返りを打とうとしてもからだが動かない
眠ってばかりいたらいつの間にか
手足が溶けかかっていた

なにも
そんなに昔のことじゃない
深い眠りから目覚めたはずだが
ついうとうとしただけのような気もした
重いページをひらくように
次の季節がやってきて
わたしの棲む小さな森にも
黒い影が忙しそうに横切っていくのを
何度か見た

きっと明日あたり
金木犀が匂いはじめる

（「きょうは詩人」26号）

Essay

Ito Keiko

マーニーに似た子

スタジオジブリのアニメーション映画「思い出のマーニー」は昨年の作品である。先日、一年遅れでテレビの放映を見た。高畑勲・宮崎駿両監督が関わらない初のジブリ映画、とのこと。そのせいかどうか知らないが、近年の作品では久々におもしろかった。

予告では主人公の杏奈とマーニーという不思議な少女との、男の子を好きになる前の女の子同士の疑似恋愛物語なのかと思っていた。そのような要素もないではない。時空が交差し、察しの良い向きには途中から予測がつくが、マーニーは実は杏奈の祖母、という展開がちょっと怖くて哀しい。

杏奈とマーニーが山の奥に入って、キノコを摘むシーンがある。同じようなシーンをいつか体験したことがある。小学校一～三年の間に住んでいた、豪雪の小さな町でのことである。碧眼の女の子といつも一緒にいた。真白い頬をして、光にあたるとふわふわした髪が金色に輝く人形のような子だった。マーニーは両親が不在、召使たちに囲まれているせいか少し気まぐれで生意気だが、その子も気まぐれなところがあり、一緒に山に登ってもさっさと一人で下りてしまったり、約束をわざとすっぽかされたり意地悪をされることもあった。

私達は日曜教会に通っていた。クリスマス会には高学年・低学年に分かれて劇をする。その子はマリアの役で、白いベールに白いドレスがとても似合っていた。可愛い子は主役になるんだなと思った。私はステージの下で、ぶかぶかと音の外れた足踏みオルガンを弾いていた。オルガンを弾く役を羨ましがっていることは知っていた。ひとのものはなんでも欲しがる子なのだ。会が終わり、両親と姉に囲まれて帰る仕度をしていると、私の髪の毛を思いきり引っぱってから外に駆け出していった。

学校でもどこでも、その子の家の人達を見たことがなかった。毎日のように一緒にいたのに、互いの家で遊ぶことがなかった。その子の両親もまた、同じような眼と髪の色をしているのだろうか。考えたことはあったが、口に出すことは子ども心にもためらわれた。

四十代後半になってから、当時の担任の先生が、私がそう遠くない地で暮らしていることをふとしたことで知り、逢いに来てくださった。それがきっかけで、教会の仲間だった男の子とも何十年ぶりに縁が繋がった。彼は牧師になり穏やかな口調には悪ガキだった面影がまるでない。思い出だけはたくさん共有している。

再会して真っ先にあの子のことを聞いた。町唯一の魚屋の息子と結婚し、今は毎日店先に立っているとのこと。黒い前掛けをして長靴履いてたくましいものですよと、牧師は言った。意外だった。小さい時あんなに可愛かった。中学、高校の頃はどんなに華やかで綺麗な子に成長していたことだろう。高校を出るとすぐに、東京にでも出ていったのだろうと勝手に想像していた。

私に逢いたがっているという。魚屋のおかみさんになったあの子に逢ってみたい気もする。各駅停車の列車に二時間も揺られて行けばいい。お互いおばちゃんになっちゃって、と笑い合うのも楽しいだろう。だが物語がひとつ失われてしまう気もしている。何度も住まいが変わり、転校を重ねた。少年少女のままのひとびとが、私の中にはたくさん棲んでいる。彼らの思い出の中にも、きっと私は少女のままで棲んでいる。そのままでいいじゃない、と思うのだ。

魚本　藤子

うおもと　ふじこ
一九四八年大分県生まれ、山口県在住。詩集『発芽』『晴れた日には』『遠い家』『くだものを買いに』、随筆『赤毛のアンの小さなかばん』。詩誌「新燎原」「千年樹」同人。

えんぴつ

テーブルの上の鉛筆が
ふとした拍子に
ころがりだした
平らなテーブルの上を
どのような力がかかったのか
かすかな音をたててころがって
あ、落ちると思った瞬間
テーブルの角の所でピタッと止まった
鉛筆の先端は宙に浮いている

その時
誰かがきっと
落ちるよと声をかけたのだ
その下は断崖絶壁
鉛筆の重力は
ある見えない一点で危ういバランスを保っている
昨日だったか
ずっと以前のことだったか
かすかな記憶が
その時甦ったのだろう
そこは危ないと

宙にぶら下がっている鉛筆は
さらに絶体絶命の危機
風が吹けば落ちてしまう
その時　平面にとどまっている力は
ひとつの言葉かもしれない
テーブルの上にノートが広げられ
鉛筆が
これから書こうとしていた気配が
その空間に張り詰めていたから

水の裏側

キッチンの棚に水が少なくなってきたので
水を買いにスーパーへ行った
ひときわ明るい売り場に

いろいろな水が並んでいる

水はペットボトルの形のなかで
静かに動かない
まるで透明な光のかたまりのように
しんとしている
人のほうがゆらゆら動く
迷いながら水の周りを行ったり来たりする

石を投げ入れて
果てしなく続く渦を起こしたことが
遠い昔のようだ

水はスーパーの棚の上で
魚のようにとらわれて形を与えられ
几帳面に並べられている
ペットボトルの中では
あの白い波は決して立たない
ひとときもとどまることのなかったものが
形を持つことで
そこに沈黙して整列している

ラベルに
採取したての水をとじこめたと書かれてある
ふと裏側を見ると
濁流になりそびれたと書いてある

その隣の水の裏側には
グレープフルーツジュースになりたい水とある

じっと立ち止って
水の形を眺めていると
かつてさらさらと流れていた冷たさが
指先に甦ってくる
とうとうと川を流れる勢い
野原を気ままに旅していた記憶を
思い出しながら
一本だけ買って揺らしながら帰った

鳥を作る

ひらりと軽い一枚の紙のような午後
テーブルの上に平らな時間を広げて
ふたつに折る
向かい合って交り合うことのなかった
遠い岸辺がやすやすとひとつに重なる

さらにふたつに折る
ほんの少し厚みができる
重なり合った昨日と今日の間に
ひとつの祈りがふわりと交る

尖った角は外側へ折る
できるだけ遠くへ
過って大切なものを傷つけないように

種も仕掛けもない平らな時間は
きちんと折られたり
また広げられたりしながら
中心に折り目が重なって
細々とした背骨ができる
その時
静かな影もついてくるのだ
もう引き返すことはできない

閉じられていた両方の翼を
ゆっくり広げる
細い首を天に向け
獲物を狙う鋭角に尖った嘴を作る

いつもそのようにして
一羽の鳥は作られる
少しくらい間違っていても
百年経ったら飛び立つだろう

沈黙

白い布に赤い糸を刺していく
外は雨が降っている
透明な時間を手にとって針に通す
白い布の上に
てんてんと続く沈黙
途切れることなく雨は降っている

窓の外を通り過ぎていくものを数えながら
午後の時間は過ぎていく
針の先から沈黙の一瞬が
ぽとりとこぼれ落ちる
まるで雨のようだ

雨の日には
とらえどころのない沈黙も
いともたやすく指先に摘み上げられ
するりと白い布の上に落ちてくる
それはてんてんと連なって
白い布の上で明日
さくらの花びらになる

Essay

Uomoto Fujiko

鉛筆のある風景

私は文房具が好きでデパートなどの文具売り場や文具の店を覗くのが好きです。中でも鉛筆はとても好きな筆記具です。一本の新しい鉛筆を研ぐと、いざこれから始まりといった新鮮な気持ちが漲ってくるようです。使って小さくなった鉛筆は、もう身近な仲間といった親しさで、なかなか捨てきれません。はじめ見知らぬ人のようによそよそしい一本の鉛筆は、そのように使っているうちに、手にも心にも馴染んできます。物に対する愛着は他のものにもあると思いますが、鉛筆はどこか生き物という感じがします。削った時の木の匂い、指にやさしい木の肌触り、同じ生き物としての人間に一番近く親しい感覚ではないでしょうか。

ピーター・ケアリーの小説「オスカーとルシンダ」の中に次のような場面が出てきます。

「父がエンピツを削る音が聞こえた。エンピツの芯の鼻につんとくるにおいと削りかすの樹液の心地よいにおいがした。」

この「樹液の心地よいにおい」は、シャープペンシルや万年筆、ボールペンでは決して味わえない感覚です。この頃では、ワープロ、パソコン、e-メールなどに押されて、手書きの筆記具、特に鉛筆は厳しい状況です。パソコンで文字を入力すると一瞬で書くことができます。やりなおしや削除も一瞬で、跡形もありません。速い、便利、人間はそれらをひたすら求めてきたのです。三十年くらい時代遅れと友人知人に言われている私も、この頃ではパソコンを使います。でも時々ふっと我に返って、鉛筆で書きたくなります。間違いを消しゴムで消します。少し跡が残っている上に、また鉛筆で文字を書きます。鉛筆の文字は頼りない。消しゴムですぐに消すことができるし、日々薄れてゆくものです。けれど、とつとつとして人の細胞の奥に、柔らかい記憶を残してゆきます。

三浦哲郎の短編「母の肖像」の中にも鉛筆が出てきます。

「お袋は紙になにか文字を書くときはきまって鉛筆で書いていた。鉛筆以外の筆記用具—毛筆だとか、万年筆だとか、ペンだとかが家になかったわけではない。けれども、お袋はいつも鉛筆を使っていた。それも手のひらのなかにすっぽり隠れてしまうほどにちびた鉛筆ばかりで、芯もまるくなったのを使っていた。」

作者の母親は日頃手紙を書かないのですが、父親が病気になって緊急を知らせるために、鉛筆で手紙を書きました。

「文字には一つ一つに濃淡があり、芯をなめながら一字一字力をこめて書いたことがわかった。これだけの手紙を書くのに、おふくろは何日夜更かしをしただろうかと私は思った。」

この鉛筆で書かれた手紙を、作者は一生忘れることがないでしょう。そして老いた人の指とひとつになって、鉛筆もまた共に必死で手紙を書いたのだろうと胸があつくなります。

私の机の上の筆立てには、先の尖った鉛筆がいつも数本立っています。木が立っているように、そこだけどこか温かい時間が流れています。実に鉛筆は、一本の木からの素晴らしい贈り物なのだと思います。

山田一子

やまだ　いつこ
一九四九年千葉県生まれ。東京在住。二〇〇七年から詩を書き始める。第一詩集『東を向いた家』、第二詩集『あそぶこどもたち』（ともにあざみ書房刊）。「銀曜日」「蘭」同人。

浜辺の午後のとき

右足の力が尽きる前に
左足を動かし始めるリズムで
うしろに行列を溜めないように
立ち止まったりしないテンポで
進み続ける一日の
信号を待つ間のすこしの休息

左右の方向もまた不休の流れで
信号はいつまでも変わらない
凝視しながら何も見ていない目に
対岸の建物は色も装飾も失い

スクリーンになったビル群に純白の雲がわき
潮の香が胸に充ちてきて
ひたいを風が吹き上げる瞬間
窓々から一斉にカモメが翔びたつ

みとれて立ち尽くす目の前を
こどもたちが手をあげてわたる
ひとりが振りかえる
何やってんの
信号などありはしなかったのに
待っていたのは何だろう
誰かがボタンを押してくれるかと
さあお渡りなさいと言ってくれるのを

垂直に手をあげてみる
たれこめた雲が少しもちあがり
行き交うクルマが途絶えた
巻かれた歩道がするする伸びる
その縞模様の上を
深呼吸してゆっくり渡ろう
どこかで緑が点滅を始めても
あげた決意は下ろさずに
ビルとビルとの林道を抜けて
砂山へ　あの

まばゆく白い雲の下

腰をおろして海を眺めつづけた
ゆっくりと時の過ぎる午後を
とりもどすために

あの校庭の

同じ年に生まれた子どもが
あの家からもこの家からも
手をひかれて集まってくる

もう少し早かったらとも言われ
もう少しもってくれればとも言われるが
咲きたくなったときに開くのが流儀
その年なりの咲き方で
かしこまって並ぶ列の定位置から
かがやく枠をいろどるしかない

歓びの日に
自分の名を呼ばれ
元気よく返事をした子どもたちは
今もはっきりと自分の名をなのり
大きな声で返事をしているか
桜は個別の名前を持っていないが
あの校庭の　と
いつか定冠詞つきで呼ばれるようになった

人に植えられた場所だが
ここの水と日光で根を張った
もうどこにも運ばれはしない
そこにあることが役目と
木が自分で決めたわけではないが

薄暗がりの校庭の
そこだけぼんやりと白い老いた木から
風もないのに花びらが散る

欅

背景はうすくれないの西空
見上げれば
凛とした幹の直線
複雑な枝分かれの繰り返しと
繊細な先々の尖りまでを
余すところなく曝して
すくっと立っている

一度はいっぱいに繁らせた葉を
潔く落とし尽くして
根元に貯えている
貯えを大地の水とともに吸い上げて

静かに脈打っている

今は闇に身を隠している
内側に秘めた光が輪郭を暗示する
点滅するランプのように星が
枝の在りかを教えてくれる
夜の音楽に耳をすまし
風が届けるリズムを聞きとって
低く小さくドラムを打ち続けている
近づく足音を予感し
その日を準備しているのだ
樹々が一斉に歌い始める
その日の到来を

椅子の窓

大きく開いた窓から
惜しみなく陽が射して
窓の下には椅子ひとつ
外に向かって置かれている
座りたい
座って窓の外を存分に眺めたい
しかし
静かな椅子の置かれ具合だけ
目にとどめて帰る

窓は開いたままだが
いつかのように椅子はない
置かれてあった場所に立って
はるかを眺める
寄せてくる波　引いてゆく潮
集まっては　離れてゆく雲
海鳥が啼いて群れ翔ぶ雲間から
光の筋が降りてくる
果てしなく繰り返されていることを
飽かずいつまでも見ている

窓は閉ざされて
そこは壁に変わっている
椅子だけがいつか見た時のように
外に向けて　ではなく
壁に向かって置かれている
ようやく腰を下ろすことができた
耳の奥で海鳥が啼き始める
深く座りなおし　目の奥をさがす
寄せてくる波　引いてゆく潮…
いつまでも波打際に浸っていると
椅子がゆっくりと
彼方の沖に運ばれてゆく

Essay

Yamada Itsuko

詩はコミュニケーション

持病の腰痛が悪化すると、近くの整形外科で牽引をしてもらう。ベルトを装着するとき、担当の理学療法士があらぬ方を向いて、

「どこか苦しくないですかー。」

「大丈夫でーす。」

繰り返されるそれをよくないと思い、

「大丈夫。苦しくありません。」

と、顔を見て言った。すると次からは彼女、こちらの顔を見て聞くようになった。

「苦しいところはありませんか?」

台所の調理台の前に塩を入れる容器と砂糖を入れる容器が並んでいる。同じ色とかたちで、右が塩。左が砂糖。使っているうちに全体が油染みてきた。容器をきれいに洗って、中身を入れなおす。右が塩。左が砂糖。家人が憤慨している。

「砂糖と塩を入れ間違えたな!!」

「エッ、右が塩、左が砂糖。大丈夫よ。」

「大丈夫なものか。しおと書いてある方に砂糖。さとうと書いてある方に塩が入っているぞ。」

眼鏡をとり出してよく見ると、なるほど小さなシールがはってある。「さとう」「しお」。これまでシールなど気にしたこともないが困ったことはなかった。台所に立つ人が二人になって、体で覚えて動く人と、字を読んで動く人がいるようになった今は、どちらにも通用するやり方に改めなくてはならない。舐めて甘ければ砂糖とか、触ってざらつく方が塩、と、体感を言葉に置きなおして伝える術も必要になるだろう。

大きな病院の控室にいると、大声での会話が聞こえてくる。どうやら、耳の遠い人に、看護師が二人がかりで何か問いただしているらしい。

「○○さん、生年月日を教えてください。」

「生年月日。生まれた日ですよ。」

「………。」

「○○年、一月二日ですね。忘れるはずないような誕生日じゃないですか。」

「今日は誰と来たの。」

「………。」

「娘さんですよね。今どこに行ったか分かりますか。」

「どこに行くか言ってったでしょう。○○さんひとり置いて帰っちゃうはずないものね。」

「………。」

「困ったなぁ。もうすぐ検査なんだけど。」

初めて老人が声をふりしぼって、

「オレはなんも悪いことしてねぇ。」

どんな言葉でどう伝えるか、コミュニケーションにはずっと心砕いてきたつもりだが、それでも難しい。その上七年ほど前から、言葉による表現にも手をそめてしまった。表現する言葉と、伝える言葉はどこか違うのだろうか。違うとすれば、私はまだ詩だけの言葉を獲得していない。伝える言葉と同じものを使って書いている。書くからには読んでほしい。読んだら何か言ってほしい。そう思って書く限り、伝達事項ではないにしても、詩もやはり私にはコミュニケーションのひとつ。何か言ってくれた時、そうそう、それを表現したかったの。ということもあり、思いがけない感じ方に出会って、ああそんな風に読んでもらえたのか、と、楽しくなることもあり、言葉が未熟で、何を表現したいのか分からんと言われることもあるだろう。いろいろな場面に出会いたい。読んでほしい、読んだら何か言ってほしい。何も言ってほしくない詩はないと思うのだが、ときどき、何も言えなくなってしまう詩はあります。

広瀬　弓

ひろせ　ゆみ
一九五六年広島県生まれ。詩集『満ち干』『水を撒くティルル』『みずめの水玉』。二人詩誌「ドルフィン」編集発行、詩誌「木偶」同人。日本現代詩人会、横浜詩人会会員。この夏初めて広島市平和祈念式に参列しました。

ヒロシの中のきえるヒロシマ、き、え、る、ヒ、ロ、シ、

冬の凍てつく明けがた、三日月の隣できらきらと金星はせわしなく物語りしていた。冷たい光の連射は地上の裸木を繰り返し刺した。痩せ枝の枯れたすきまに、忘れられた小鳥の巣がある。親鳥はどこへ行ったのだろう。餌を待ちつづける三羽のひなの閉じた瞼、その薄ももいろの裏がわに黒い目玉が透けて見える。兄弟に踏みつけられてだらりとなって動かない、瀕死の一羽をつまみ上げると、その下からひらひらのものが現れた。あわい光に映された、影より薄い氷のひな。青白い冷気がのぼり、今にも融けそうな透き通る身におののいて、暁天の星を仰いだ。急げ、急げ、あわ玉を湯に浸し、くちばしに運ぼうと竹さじを持つ手があわてる。するとぬくぬくした薄闇の空間から、仏の声いろで鬼が何かを言い放った。医者はひややかな診断をヒロシに下した。

誤嚥してのどつまらせるおそれあり
口から物をあたえないように

こちらから向こうまで見通せる剝き出しの鉄骨、骨格ばかりの姿。そのまま立ちつづけてみろよ、崩れ落ちるまま在りつづける身は辛いものさ。たかが人間ひとり分の、肉体の苦しみなんか束の間じゃないか。ヒロシに憑依したドームが世界の遺産となってうそぶく。いまだに助けを求めてたくさんの手が空にむかって伸びている。いつの日か昇天して飛び去ることを願っている。また別のさみしい思いが倒壊した建物の中心にあって、あたしたちを呼び止める。とけた柱は墓石となって立ち尽くしていた。献体です、献体です。骨格標本のような建物です。あやまちの見本として半永久的に残されることの苦しみです。この姿で在りつづけることが使命だとわかっていても………。さみしい思いの影法師は独白した。ヒロシは現人の果てを生きていた。

もうよう考えられんのかな　考えだしたらおかしゅうなる
あたしの名前呼んでみんさい

ヒロシの中のきえるヒロシマ、き、え、る、ヒ、ロ、シ、
明け方東の空で明星がきらきらしていた。あたしは靴を磨きルージュをひいて出掛けて行く。ステーキを食べうなぎを食べクリームパンを食べ大好きなあの人を抱きしめる。抱きしめ抱き

しめられて、さみしく明滅しつづけるものを物語の奥に埋める。

（詩集『みずめの水玉』より）

あらわれながら裸体は

水《ミリ》リッ人《チュ》（舟をだせ　（雨ごい人よ
しゅるしゅるとのびた手がすそからわきから衣服をはずし　湯
舟に裸体をよこたえる　むすばれていたものが　音楽のなか
を　ゆるりと　ぱらぱら　ほどけて　いく　すべてのこたえは
でたのだろうか　でなかったのだろうか
裸体はあらわれながら
そんなことを考えていたのだろうか

わたしは太陽の舟を見たことがある　太陽神ラーは聖舟に乗っ
て　天と地を流れる川を毎日廻っている　夜になると舟は死者
の国を通過していく　暗黒の王国を旅するうち　ラーは衰えて
死んでしまう　待っていたスカラベが　その骸に憑依すると
太陽神ラーは再び蘇えるという　毎日繰り返し行われるとい
う　そんな神話の絵を見たことがある

水リッ人　（舟をだせ　（雨ごい人よ

闇鎮め

良-候
よう-そろ

宇宙のひろがりの中で星たちが光っているのは
それを見上げるもののためだ
ひろがりからやってくる螺旋　やってくる遥かないのち
空の一方からのぼり　反対へしずんでいくように
生まれ出るとき消えゆくとき
あらわれながら裸体は
こたえ　に　ほど　け　て　い　く

（「北から来たん」46号より）

蟹の舟

蟹のこうらは四角い舟だ
波打ちぎわを
行ったり来たりしている

蟹のこうらは四角い舟だ
波打ちぎわを
行ったり来たりしている

国会で総理は巧みに唱える
総理は唱える
国民のこうらは四角い舟だ

干潟で鴫は巧みに捕える
鴫は捕える
蟹のこうらは四角い舟だ

一方のはさみをくちばしにくわえ
あしもとに叩きつけもぎ落とす
もう一方のはさみをくちばしにくわえ
あしもとに叩きつけもぎ落とす
右がわの脚をむしりとり左がわの脚もむしりとり
手向かいできなくして
コクンと丸呑みする

瀬戸際の攻防
水際立ついのち
際際の抵抗の
別れ際だ

食事が終わり鴫は去って
残された手脚のおこぼれにあずかるものもいて
その日の潮が泡を吹いて満ちてくる干潟

永遠は泡のように
波打ちぎわを
行ったり来たりしている

わたしらは
転がりながら
行ったり来たりしている

（「ドルフィン」3号より）

Essay

Hirose Yumi

『夏の花』、民喜を歩く

広島に原爆が投下された翌日の八月七日、作業に出かけていた専売局から川伝いに饒津《にぎつ》神社の隣（牛田町側）にある自宅をめざし歩いていた女学生玲子（母）。同じく七日、野宿した土手から「常盤橋まで来ると、…一人で饒津公園の方へ進んだ。…急いで、東照宮の境内へ行ってみた。」と『夏の花』に記している原民喜。交差する道のどこかで二人は出会っていたのではないだろうか？

資料をたよりに六、七日の民喜の足どりを自分なりに辿ったことはあったが、確かな場所などわからないことが沢山あった。それが今年の夏、「原民喜の『夏の花』を歩く」というフィールドワークに参加し、案内役の民喜の甥、原時彦氏にくわしい足跡を聞くことができた。

集合場所は幟町の世界平和記念聖堂前であった。現在の聖堂の敷地の一部は戦後、原家から譲り受けたものだそうである。道の向かいにある会社のビルが生家のあったところだと、「原民喜生家見取り図」を指差しながら時彦氏は説明する。『夏の花』に「私は厠にいたため一命を拾った。」とある厠はこのあたり。「最後に、ポックリ折れ曲がった楓の側を踏越えて出て行った。」の楓はあそこ。そこから向かって左の道を向こうへ折れ、川の方へ逃げて行ったと、話は具体的である。

先導に従い京橋川の土手を縮景園《しゅっけいえん》の方へ歩いていると、「被爆柳」と札のついた大きな柳の前で時彦氏はなつかしそうに立ち止まった。かつてここに民喜名義の家があり、時彦氏も小学時代の三年間を過ごしたという。川端の柳から真下の雁木（階段のある船着場）に梯子を降ろし、川遊びをしたそうだ。二〇〇五年の中国新聞に掲載された写真がきっかけで、思い出の柳が原爆に耐え今もこの場所にあることを知ったそうである。

「己がいきていることと、その意味が、はっと私を弾いた。このことを書きのこさねばならない、」そう民喜が決意した縮景園に着いた。掲示された被爆当時の写真や資料と現在の名園を見比べ、ゆっくりと見学した後、休憩時間に時彦氏が開いた民喜の手帳の文字に私は見入った。

次に『夏の花』の冒頭に「私は街に出て花を買うと、妻の墓を訪れようと思った。…この墓の下には妻ばかりか父母の骨も納まっているのだった。」と書かれている円光寺に寄って、民喜の墓前に手を合わせた。そうして私たちは常盤橋を渡り、最終地である東照宮へ向かった。

当日筏で対岸の砂原に渡った民喜は、土手でその夜を過ごした。「死んだほうがましさ」と吐き棄てる兵士。「全身全霊を引裂くように迸る断末魔の声。様々の重傷者と出会い別れた土手。

翌七日、民喜は施療所を求め饒津公園の方へ進み、東照宮へ辿り着いた。饒津公園とは、饒津神社境内の東から東照宮の参道に至る区域を整備したもので、饒津神社の本殿を挟んで目と鼻の先に、当時女学生だった母の家があった。そこで民喜が見た光景は紛れもなく母の見た光景でもあったはずである。小学五年生だった時彦氏は学童疎開していて、この場に居合わせなかったそうである。

その後民喜は次兄一家と八幡村（現・広島市佐伯区）へ避難し、手帳の記録を元に『原子爆弾』を執筆した。そして検閲を考慮し、題名を変更して『三田文学』に発表したのが『夏の花』であった。

最後に余談ではあるが、母が亡くなるまで住んでいた私の実家は八幡村の丘（佐伯区薬師が丘）にある。どうも民喜と縁があるように思えてくる。

小野 ちとせ

おの　ちとせ
一九五三年長野県生まれ。詩集『ここに小さな海が生きている』『記憶の螺旋』（どちらも土曜美術社出版販売）。世界の大自然に触れる旅が好きですが、最近は一都市に滞在するひとり旅にも憧れています。

マチュピチュ

その源はかつて
インカ繁栄の泉だった
それぞれの源流は谷を蛇行し
アマゾンの支流へと吸い込まれていく

絶え間なく飛沫をあげる白い川
どこか懐かしい水の音を背に
つづら折りの道を登れば忽然と姿を現す
廃墟の遺跡　マチュピチュ

ただ石組みだけがのこされている
要塞のような都のような建物群
それらを囲み急斜面に下る段々畑
隔絶された数百年の歳月は
空へ向かって大きく開かれていた

石畳を踏みしめながら
入口から入口へ　歩むほどに
窓から窓へひたひた空洞を満たし
あふれてくるひかりがある

かわらないものと
かわってしまうもの

わたしはインティワタナ（日時計）の
太陽をつなぎとめるという巨石の前に立つ
険しい山々に囲まれた孤島に
陽は燦々と降りそそぎ
わたしもインティワタナ（日時計）
ちっぽけな限りある生ならば

リャマは草を食んでいる
石垣の隙間に小鳥の雛がいる
崖縁から薄紫色の花が顔を出している
弧を描きながら飛んでいくのはコンドルだろうか

太古は海の底だったアンデスの山脈《やまなみ》
その複雑に絡む連立した稜線のあまりの静けさに

インカの謎は解かれるはずもなく
今宵もまた闇の底で
日時計は月の夢を影に落とすだろう

かわりゆくものと
かわってほしくないもの

主《ぬし》のいない水汲み場に水が滴り落ちている
文字を持たない文明の水路に導かれ
いまもなお滞ることなく冷々と溢れ出す
水の匂いをそっと掬う
わたしの両手を濡らし喉を潤す
この水はどこから来るのか

インカ道

どこまでも繋がっている道
どこまでも築いていった道

広い道　狭い道
崖を削り取った道
切り立った断崖絶壁に
石を積み上げただけの道
蔓や草を編んだ吊り橋
深い峡谷のハンノキの橋
長いトンネル
石の階段

ジャングルを掻き分け
足の竦むような
険しい岩肌や深い渓谷でさえ
迂回することなく
まっすぐ未知に向かい
不可能を可能にするための
あらゆる手段をつくし
どれほど多くの人々の血と汗で
切り拓かれていったのだろう

それはいま
わたしたちが忘れかけている道

古のインカ道を一歩一歩踏みしめ
ひと休みの空を見上げていると
どこからともなく聞えてくる
アンデスの山々を谺する
サンポーニャの調べ
はかない人々の
祈りや希い
涙と汗の
風の音

アンデスの飛脚

羽ばたきの
風に運ばれ語り継がれてきた
花という花の精霊の透きとおった囁きは
わたしの目と耳に蓄積されたすべてのものを
呼び覚ましたり　払拭したり
湧き起こっては消えてゆく霧のように
山から山へ　流れ流れて

風のように駆け抜けるよ
選ばれた俊足ランナー
キープ*を襷掛けにしっかり抱え
海岸と山岳地帯を結ぶ
総延長四万キロのリレーさ
全速力でキープを手渡すよ
暑い日も寒い日も
雨の日も雪の日も
昼夜を問わず
ひたすら走るインカ道
選ばれた俊足ランナー
風のように駆け抜けるよ

それはいま
わたしたちが失いかけている道

白いウルバンバ川の蛇行
谷底に見え隠れして眩暈がするから
立ち止まって振り返れば
マチュピチュ（老いた峰）は鳥の形になり
ワイナピチュ（若い峰）はそれを見守っている

ヤッホー
一人の青年がわたしを軽々と追い越していくと
草叢から蘭の香りがふわっと吹き上がり
わたしの帽子が飛ばされる　水色の
ああ　空を飛ぶ　のぼっていく
もうどこにも見えない
あの青年の姿も

ためらいがちに　ヤッホー　とこたえてみた
おもいきって　ヤッホー　とよびかけてみる

目指すインティプンク（太陽の門）に
吹き抜ける一条のひかりは

＊（情報伝達の結縄）紐の結び目の形、紐の色、結び目の位置などにより、情報が含まれている。

Essay

Ono Chitose

藤井竹外との出会い

幕末の漢詩人、藤井竹外（名は啓、字は士開）は一八〇七年、高槻藩士・藤井沢右衛門の長男として生まれた。竹外は藩の教育機関である青莪堂で学び、鉄砲術をはじめ武芸にも励んだといわれるが、地位や名誉などという事には興味を持たず、二十代から次第に漢詩の世界に傾倒するようになり、頼山陽に私淑する。梁川星巌・広瀬淡窓・森田節斎らと交流し、頼山陽の没後は、梁川星巌と親交を深め兄事した。

藤井竹外が小野家と血縁関係にあることを知ったのは、私が漢文を学ぶという、ひょんな経緯からであった。家事と育児に奔走していた若かりし日々、静かに読書を楽しむ時間さえ儘ならず、私は目の前の雑事に追われていたが、数年が過ぎた頃、無性に何でもよいから学びたいという衝動にかられた。それは喉の渇きにも似た、人として生きるための根源的な欲望であったのかもしれない。

その日、たまたま市の広報に掲載されている「漢文教室」という講座に、目が留まった。特に漢文に興味があるわけではなく、どちらかと言えば約束事の多い漢詩は苦手でさえあったが、学びたいという衝動はそれを好奇心の塊に変えてしまうのだろう。講師の斉藤克先生手作りの、白居易の挿絵が入った参考資料が二冊配られ、久々に学ぶことのできるうれしさに胸は高鳴った。名簿には四十五名。教室を見渡せば年配の方ばかりである。週一回の講座は、漢詩の歴史・詩の構成、五言絶句、五言律詩・五言古詩、七言絶句（中国）、七言絶句（日本）、七言律詩、七言古詩、という順に進められ、私の渇きも次第に癒されていった。

芳野　　　藤井竹外

古陵松柏吼天飈
山寺尋春春寂寥
眉雪老僧時輟帚
落花深処説南朝

古い御陵のあたりに茂る松檜（柏）は風に吹かれごうごう鳴っている。山寺に春をたずねると春だがまことに物寂しい（見捨てられた山寺の春）。眉まで真っ白な老僧が落花を掃く手をとめ、過ぎし南朝の物語を訪れる人に語ってくれる。

「この藤井竹外という人は、親父の爺様だよ。」資料を見ていた夫が口を開いた。そんな話は初耳だったので私が驚歎したのは言うまでもない。この漢詩を夫は高校の漢文の授業で学び、そのとき父親に同じように言われたのだという。年代を辿れば、竹外は舅《ちち》の母の祖父、つまり曾祖父にあたる。

舅《ちち》の実母は、彼が三歳の時に病死し、その後父親が再婚したため、藤井家から豊田家へ嫁いだ祖母の住む、母の実家とも疎遠になってしまったらしい。女学校の教師をしていた継母は子宝に恵まれなかったため、彼は一人っ子として孤独で辛い少年時代を送ったのかもしれない。漢文は小学校へ入る前に教えられ、逆に嫌いになってしまったと聞かされたことがある。一九一三年生まれの小野鼎は七年前、享年九十六歳だった。

「芳野」という漢詩は、芳野（吉野）の美しい風景と南朝の悲哀を対比させているが、南朝の悲哀の歴史を繙けば、この詩の深さが解読できるだろう。

藤井竹外という人物を調べていくうちに、号にも用いられたように竹をこよなく愛した竹外の感性が、岡山にある小野家の墓参に行ったとき長男が不意に発した言葉（竹やぶはなぜか好き…）と重なり、遥か時を隔てても繋がっていることの不思議を想う。

江口 節

えぐち　せつ
一九五〇年広島県生まれ、神戸市在住。詩集『果樹園まで』（二〇一五）『オルガン』（二〇一二）『草陰』（二〇〇八）など八冊。二十年以上前から一年に一回、薪能のパンフレットにその年の演目にコラボした詩を寄せている。詩集には入れていない。

千筋の糸

——能・土蜘蛛——

荒ぶる者
まつろわぬ者
おお　それゆえに追いやられた
尾ある者　八十《やそ》タケル

獣皮を腰の後ろにつけた樵であったか
木をなりわいとする穴居《あない》の民を
むさくるし土蜘蛛と貶め　平《たいら》げ
「土も木も、わが大君の國なれば、いづくか鬼の宿りなる」

天《あま》つ神　あまた天降《あも》りましぬ　日本《やまと》
国つ神また土人《くにびと》の放つ　あらがいの糸
いにしえの数えきれぬいくさの果てに

今は　己が闇に穴居する者
闇と知らず闇を抱えるもの
荒ぶるそぶりも見せず
和らぐ振り　まつろう仕種に

知らず
千筋の糸に巻き取られていく
空見つ　日本《やまと》の美しき緑
幸豊けく　みちのくの海

ここに消え　かしこに結ぶ水の泡の
セシウム　トリチウム　ストロンチウム

もはや土蜘蛛とはできぬ
天降《あも》りましぬ神々の末裔　われらを
何と名づけよう
平らげる武者たちも無き
世の果てで

印南野

——狂言・清水——

それから
小さくため息をついた
わたしの裡《うち》がわで
鬼もいっしょに

印南野
鬼の多い地だった
野中の清水
地図を広げれば
神戸市西区岩岡町野中
ほそく清水川が流れている
落とした手桶は
よもや　そこではあるまいに

荒ぶる国つ神
まつろわぬ国つ神
姫鬼　子鬼　爺鬼　婆鬼　ぞろぞろぞろぞろ
徘徊していた、かつては水のとぼしい台地
今は　おびただしい数のため池が掘られた
律儀で勤勉な人里よ
けだし鬼とはなりがたい地　となったが

ささやかな願いだ
鬼のしわざにして何が悪い
「いで喰らおう　いで喰らおう」
鬼の声が耳に響く　人間の声で
やすやすと鬼の上をいく
人間の声で

わたしも
小さくため息をつく
やぶにらみの
遅れて来た鬼の裡《うち》がわで

手紙の書き方

——狂言・文山立——

手紙には　古来書き順があるらしい
前文　本文　末文　結び
大層なことだ
千年の昔
和歌の巧拙が女の美醜を定めたごとく
文《ふみ》のよしあしが定めるものは　さて——
などと思えばいっそう　筆が遠のく
そこで開く「往来物」
千年前から「手紙の書き方」

山賊でさえ　すらすらと
新春の御慶　拝啓　前略　一筆啓上
今死ぬるに　それどころではあるまいに
とはいえ　型とはありがたいものよ
何かというと打ち騒ぐ人の心の
もろさ　押しとどめ
あやうさ　引きしたため
さてもさても、と書きとどめたる水茎の
あとに残る女房子供のあわれさばかりが思われて
無用の死なり　犬死せずに帰るべし　と
山賊たちは命拾いをしたのだったが

「お国のために頑張ってください」
紋切り型の文字のうしろで
あまたの涙壷に沈んだ
おびただしい数の無用の死よ
いくさ世から五十年　六十年
いまだに　手紙は書き終わらぬ
前文　結び　共に無く
宛名を　空に書いたまま

雲にまぎれて
――狂言「仏師」――

空を飛び交う声がある
美々《びび》しき言《こと》の葉　黄金《こがね》の葉
行き交う電話　声のあやかし
さぎのみやなる門前で
一人二役　三役四役
まやかしごまかしうそのやま
なさけの雨も豪雨となれば
しっかり者のあのばあさんも
法律が専門のあの弁護士も
振込め土石流に押し流され

「当方
　田舎者なればものを知らず
　良し悪し言える筋ではないが
　気に入らん　まだ気に入らん
　どうにも　首はたてに振れぬ」
信じるべきはおのれの勘
へつらいねぎらい見えぬふり
さはさりながら――

近頃　国の真ん中では
すっぱりきっぱり断言の葉
風にきりきりひるがえる
旋風《つむじ》を巻いて舞い上がる
虚言　空言　偽言　戯言
雲にまぎれて秋の空
うそがほんとになりそうで
ほんとがうそになりそうで
ありやなしやゆめまくら
おのれの勘のありどころ

Essay

Eguchi Setsu

コラボする詩

このシリーズには、名前の違う創刊号も含め、三回目の参加である。詩集になる前の、作品の塊を考えるいい機会をもらってきた。今回は、いわゆる現代詩から逸れた流れなので、果たしてまとまるかどうか。見直せば甘い作品も多いのだ。ひとまず、詩誌以外にこんなものも書いてきました、とご報告まで（以下の文章は、「叢生」二〇〇号―二〇一五年十月終刊号―に書いた散文を若干改稿した）。

一九九一年、神戸の詩人緋沙あけみさんの紹介で、三宮にある生田神社薪能のパンフレットに、島田陽子さんと一緒に詩を書くことになった。当初は、交代で一人が能・狂言どちらかの演目にコラボして書いた。

一九九五年一月、阪神淡路大震災で生田神社拝殿は全壊、屋根が地面に伏せてペチャンコ。無論、その年の薪能は中止。加藤隆久宮司は獅子奮迅の大奔走。再建なった翌九六年、二年ぶりの開催に加藤宮司から二人が同時に書いてはどうかと勧められ、能・狂言に分かれて詩を書いた。以後、その形が踏襲され、二〇一一年、島田さんが泉下の人となられた後は、鈴木漠さんとペアを組んで今日に至る。

とはいえ、当初の私には、与えられたテーマで詩を書くことに少なからず戸惑いがあった。現代詩とは何か、詩の三要素〈言葉・状況・心情〉の研鑽とバランスにおいて、自分の未熟さ狭さを痛感していた。何を中心にして書けばよいのか。

そこで最初は、演目の主題と重なる自分のリアルな体験と心情に軸足を置いた。たとえば、「三井寺」では子を捜す母親のせつなさ、「松風」ではおぼろな初恋の記憶を頼りにした。どちらの思いも、それまで自作に書いたことはなかったのだが。

こうして、おそるおそる書き始めて分かったことがある。自分の詩を書くだけでは、自分の心にある無数の扉のすべてを開けることはできないが、課題を与えられて初めて開く扉から、様々な顔の自分が出てくるのだ。結果として、書ける素材の幅が広がった。能楽が人間の幽玄と現実を描くからでもあろう。

また、一般の人に向かう作品のため分かりやすさも大事だが、詩を追求する者として妥協することなく納得のいく詩が書きたい。その両端を見据えて、依頼から締め切りまで短ければ一週間で送稿する。鍛えられた。鍛えられはしたが、作品としての完成度はいかがなものか。

最後に、もう一篇を紹介する。

妻をめとらば　―狂言・二九十八―

惜しいことよ
せっかく釣り上げた魚を放るとは
歌を詠み　九九ができる
情けも才もあって　何の不足ぞ

みめうるわしく――
明治の御仁も　のたもうたが
「クレオパトラの鼻がもう少しひくかったら、地上の全面は変わっていたろう」
西洋の御仁は　恋愛について語ったのだ
次章では「空虚。――恋愛の原因と結果。クレオパトラ。」

結婚は　辛抱の平熱からはじまる
うちよせる世間の波風
あらあらしい歳月の奔流
知恵と情で　ふたりして乗り切る日々よ
わごりょ　存分にするがよい
醜女の深情け
生涯　女房の尻の下もよし

いずれ男はため息をつく
放った魚の大きさに
逃げ延びようが　つかまろうが
観音様は笑ってござる

滝川 ユリア

たきがわ　ゆりあ
山梨県生まれ。つくば市及び東京都新宿区在住。第一詩集『オーロラいため』（滝川優美子）に新川和江氏よりお言葉を戴く。第二詩集『るりらら』。日本詩人クラブ、茨城県詩人協会会員。「馬車」同人。ペンネームを変えて一年になります。

ひみつきち

おだいどころという名前
だとどの音がものものしい
キッチンといってみても
みょうなものだ
そこはわたしの
ひみつ基地

こっそりにっこりほっこり
隠したり取出したり
探したり困ったり
考えたり迷ったり

手足のもがれたタラバガニ
帽子をとられた秋の茄子
整列やめたお米粒
どよんと休んだ古ケーキ

わたしはそこにかくれます
わたしはそこでニヤニヤ
わたしはそこで出産した
わたしはそこで死ぬるようだ

秋と春はお客様
冬と夏は子どもたち

それから
わたしともう一人
あれ
どこにいる
もう一人

チコちゃんの今

チコちゃんは赤ちゃんの分だけ太ってしまったので
縦に座ることができなくなった
その部分はまあるく
時々　光と通信しているらしかった

その日が決まっていたけれど
その日のうしろやまえに
気持ちがうごくばかりで
赤ちゃんの意志も示されなかったので

チコちゃんはおさんぽに出た
新しいかわいいおうちができていたと報告した
そしておなかのうしろがいたくなってしまった
と　そっとうちあけた

やっぱり無理は禁物だ
チコちゃんはいつものように
ステーキととんかつとトマトを平らげ
横になって赤ちゃんの部分をソファーにあずけた

もうすぐ誕生なのだ
きっとそうなのだ
チコちゃんにだけは現実だった
まわりのあたふたのひとびとには
ゲンジツだった

あちこちゲンジツを踏み散らかし
いのちがもういっこ
どこかこの家の中に光りはじめるということを
いまだに理解していないのだ

夕闇がひたひたと押し寄せ
その部分をあたたかくつつんだらしい
すべてのいのちが夜の申し子であると
だれがみとめようか

それは　ことば

私は八十五歳になった
あと六年後にあちらにいくことになると
昨日
鳥が言った

私はにこりと笑みをつくり
鏡に照射して
よく調べ
一番高いところが光っているのを見つけると

ノートの後ろ側から破り始めた
どのあたりで
止めればいいのだろう
このあたりにしておこうか
六年と言っていたのはこのへんだろうか

破られた白いページは一羽二羽と空へ飛び立ち
昨日の鳥のところに帰ってゆくらしい

北風が言った
なぜ数えるの　一羽　二羽と

なぜまさぐるの　一年　二年を

それはことば
人だけが操ることばにすぎないのに

そして　ことば

わたしは十六歳になった
ということにしておこうと思う
バスに乗っても
学校に行っても
詩を書いていても

あなたはいくつ
あなたはいくつ

あなたはいくつ

って分類されはじめる
どこにぶんるいされたらうれしいかなあ
海でもいいし
山でもいいけど

十六歳にしておこう

Essay

Takigawa Yuria

崇高なものに触れたとき

　京都の旅でまず真っ先に訪れたくなるのは大徳寺の一角にある高桐院です。学生時代真夏に京都旅行したとき、ふと吸い込まれるように涼しげな門に入ってしまった、それが高桐院でした。迷い込むと別世界。ひろびろとしたお座敷から百八十度の角度で庭が見渡せます。誰もいないそのお座敷で、しばらく放心したように緑の庭に見入っていました。

　最近高桐院がつとに有名になり、駅の「そうだ京都に行こう」のポスターにも採用されました。最近京都旅行した折も高桐院のお座敷に入ってみましたが、案の定たくさんの人が訪れていました。お庭を見つめる顔はどの顔もふわっと笑っていて、そこにいることの幸せをかみしめているように見えました。一人旅らしき人も時々ほどけたように微笑んでいます。

　この庭は写真撮影を禁じたりしません。沓脱石にはスリッパがあって自由にお庭を散策できます。ポスターにもなった苔むした手水鉢にも自由に近づくことができます。ほんのわずかな時間ですがそこに住んでいるかのように過ごせるのです。

　ところで、京都にはどうしてこんなにたくさんお寺があるのでしょう。不思議です。大きなお寺、そのすぐ横にまた大きなお寺、その横にもまたお寺…。ニーズがあったのでしょう。そのニーズは何？　そんな疑問を持ちながら大徳寺を散策しました。

　大徳寺はお寺の集合体です。高桐院はその中の一つ。細川幽斎の子三斎によって一六〇一年に造られ、彼のお墓もこの敷地の中にあります。三斎は自分の来世の別荘を作ったのではないでしょうか。

　確かにここは異界です。この世のものとは思えない清浄な空気が流れ、崇高なものに触れた時にだけ感じる幸せな感覚に包まれます。亡き親はいつもそこにいて、お座敷でくつろいでいるに違いありません。お庭を眺めながら親の霊と静かに話をするのでしょう。高桐院とは細川家のそういう場所なのだと思います。他にも黒田家や前田家など菩提を弔うためのお寺がたくさんあります。大徳寺は「武家屋敷のあの世版」のような場所ではないでしょうか。

　この大規模な「来世の別荘」を見ながら、昔の日本人の「永遠」への感受性を思いました。生きている時間と並行してあった来世の時間。当時の人々は現実の世界と彼岸とを重層的に見たり感じたりする感覚の中で過ごしていたのでしょう。「命の永遠」への感受性がこの崇高な空間を作っているのだと思いました。

　現代の人々はそういう時間と空間の重層性を芸術から得ているといわれています。仏教学者の山折哲雄さんがこんなことを言っていました。

　「お寺を拝観しても仏像の前はすっと素通りしてしまい庭の前で佇んでいるんですね。今の若い人達は。仏像ではなく庭なんですよ。これは一体どういうことなんでしょうね。」

　崇高なものに触れたときの清浄な気持ちといえば、先日の国会前のデモはどうでしょう。私にとっては芸術の感動に近いものをあのデモに感じました。

　高い志のために行動する清々しさ。シュプレヒコールはまるでラップのようです。けっして暴力にならないラップは、生きようとする命の鼓動に似ています。これは政治ばかりではなく様々な分野における現代の表現方法かもしれない…と、ある種の羨望を感じながらテレヴィジョンを見つめていました。これを芸術的感興に近いと思うのは無理があるでしょうか。

房内 はるみ

ふさうち　はるみ
一九五六年前橋市生まれ。詩集『フルーツ村の夕ぐれ』『水のように母とあるいた』、エッセイ集『庭の成長』『エミリー・ディキンスン私論―ガラスの肖像―』。今年もいろいろなジャムを作りました。

窓辺にいて

冬へと向かう日
時間が止まったような一日がある
クヌギ、　ブナ、　コナラ、　アカシデ、　カエデ、　ヤマボウシ
みずから燃えて　やがて静かにぬれていく
その明るみがさみしい

窓ガラスから射しこんできた陽ざしが
ソファーの上でクロスして
薄紅色の陽だまりをつくる

あの場所
おさない人たちが遊んでいたあの場所
疑うことを知らない目　無邪気な笑い声
とおくはなれて　今はもうだれもいない
その静寂にそっとふれてみる
ふれてもつかみきれない感情は
舞いおちる一枚の葉のよう

窓辺にいて
音のない世界に身をひたす
気がつけば
カエデの葉に夕暮れの色が重なっている
終わる季節と始まる季節の怖ろしいまでに
張りつめた均衡のなか
庭に飛んできた秋の鳥が
かすかに時間《とき》をゆすっている

おさない人たちの声がきこえてきたような
ふんわりと
　ふんわりと

領域

暮れていく空の下
半分は翳り　半分は光っている
秋の葉

ふと　きょうのわたしの心をのせてみる
一日分の悲しみ
一日分の喜び

里へおりてきたホオジロが
静寂を泡立てるように啼いている
ゆさぶられる　わたしの内部《なか》の葉っぱ

やがて夕陽がふるえはじめると
光の部分はゆっくり　ゆっくり小さくなり
いつまでも定まらない光と翳の領域

もうすぐ根元からせり上がってくる薄闇が
そっと葉をだいていくだろう
境界線は消えて
墨色の一枚の葉になって

はげしくカーテンをしめる音
夜のはじまりのなかで
わたしは心の明度をはかってみる

文旦とパウル＝ツェラーン

文旦は　実のひきしまった　果実である
思いをこめて　皮をむけば
きりりとした　かなしみのような　果汁がほとばしる

月に二度　送られてくるテープは
パウル＝ツェラーンの詩を　朗読している
丸みをおびたドイツ語が　二月の窓辺を
ながれていく

土佐産文旦
南の国の明るい陽射しを　いっぱいあびて
実って　もぎとられた果実のなかで
死が　ゆっくりと　熟していく
その傍らに　アウシュヴィッツが横たわる

おだやかな午後である
早春の香りが　ほのかにただよい
やわらかな光が　文旦の実を　つつんでいる
戦争のない平和な日々が　ツェラーンの狂気をつつんでいる
いいえ　ほんとうは　つつまれていない

わたしは　降りていく
あなたの故郷　ブコヴィーナへ
あなたのやさしい　母の懐へ
さらに　だれかが掘りつづけている　暗い穴のなかに

波のように　繰り返されることば
肯定と否定のあいだを　さ迷うことば

解体されることば
わずか六行の詩に
何枚もの原稿用紙をつかって　解説を書く研究者たち
あなたは　どこ？

細い陽の足が　部屋のなかまで　とどけられる時
ふいに　あなたが身を投げた　セーヌ川が
かがやき　浮かぶ

文旦の皮は　どの柑橘類よりも厚い
それは　あなたが一九四五年から二十五年をかけて
死へと　歩みつづけた歳月のよう
絶望の底から　立ちあがろうとすることばが
ふるえ　叫び　燃えあがり
文旦の中心へ　追いつめられていく

光が　こわい

セーヌ川の水が　文旦の実のなかへながれこむ
ぶ厚い文旦の皮は　光を拒みながら
何かを守るように　強くひきしめられていく
必死で　何かを守ろうとする　その極みで
文旦の中心は　ひそかに発狂する

ツェラーン
あなたの死は　熟したのだろうか

熟れても青い文旦を　口にふくめば
しびれるような渋みのあとに
なにかが残る　何かが残る

（詩集『水のように母とあるいた』より）

晩夏

夏が静かに息をしている
湿り気をおびた風が庭をめぐる

アキアカネが池面すれすれに
飛んでいく
さるすべりの花の影が
水に溶ける

見えない手が季節のページをめくっていく

Essay

Fusauchi Harumi

12月の庭

若葉のそよぎよりも、落葉の響きよりも、それは美しい音楽だった。庭で何年も、花を付けない老樹を切って燃やす。落葉の終わった十二月の庭は、ひろびろとして明るい。裸木はキラキラ輝き、赤い山茶花の花や、珊瑚樹の葉の濃い緑が、冬の陽を強く吸いこんでいる。

　パチパチパチ——。木の最後の音楽が流れはじめる。一定のリズム、高くも低くもない音色。ゆっくりと火は木の中へ染みこんで、細い煙が立ちのぼっていく。なつかしい焚火の匂いを思い出す。何十回と、落葉と芽吹きを繰り返した木の歳月が燃えている。

　水のように流れることのできない木は、同じ場所に強く根をはり、落葉（永遠の別れ）の悲しみを内に抱いて成長していく。流れることのできるものなら、例えば川の水なら、やがては海に出会い、悲しみや苦しみを溶かして、忘れることができるだろう。でも動くことのできない木は、それができない。木の内には、悲しみがいっぱい詰まっている。そして悲しみが、木を強く、たくましく成長させていくのだ。

　乗り越えられないような悲しみに出会い、自分を支えていられなくなるような時がある。こんな時、私は木を見つめる。そして、木漏れ日の中の光の海へ訪れると、まるで川の水が海に出会った時のように、悲しみが溶けて、何か大きなものに抱かれていくように思う。

　木は、母という存在に似ている。じっと耐えて、何も語らず、ただ遠くからやさしく見守ってくれる。

　今から百年以上前、アメリカ、ニューイングランドのアマストという町に、エミリー・ディキンスン（一八三〇～八六）という女性詩人がいた。生涯ほとんど人に会うこともなく、一冊の詩集も世に出さず、部屋のドアを固く閉めて詩を書き続けた。愛する人への想い、自然の詩、死への洞察。けれども彼女の詩法は新しすぎた。だから当時の詩壇では認められることもなく、彼女は沈黙を選び、この世を去った。

詩人はランプに火をともすだけ——
みずからは——消えていく——
詩人は芯をかき立てる——
もし生命《いのち》の光が
太陽さながら、そこに宿るなら——
それぞれの時代はレンズとなって
押しひろげます
円周を——

（八八三）　亀井俊介訳

彼女が残した詩のひとつである。

　今、百年の歳月をかけて、孤独者の心から心へと語り継がれて、彼女の詩が私たちに届く。言葉の束は、真っ暗な夜を、澄んだフルートの音色のように流れ、寂しい人の胸の内で、そっと開く。

　沈黙は偉大だ。百の叫びよりも沈黙は大きい。そして不滅だ。木も沈黙の中に生きている。激しい風や冷たい雨にじっと耐え、何も語らず、生のぎりぎりのところから蘇り、信じられないようなみずみずしい葉を再びつける。老樹の前にいくと、私はことばを失う。些細なことで悲しんだり、泣いたりしている自分が恥ずかしく、小さな人間に見えてくる。

　老樹が炎につつまれる。

　沈黙が音をたてて、燃えている。

　世界中で一番美しい冬の音楽である。

吉田　博子

よしだ　ひろこ
一九四三年岡山県備前市生まれ。岡山県詩人協会、中四国詩人会、日本現代詩人会会員。「黄薔薇」同人。処女詩集『花を持つ私』、他に『影について』『わたしの冠』『立つ』『いのち』『雪をください』。

自然と一体になって暮らす民

南米ギアナ高地
未知の民　ホティ
日本からS医師が旅をする
狩猟民族であるその民は
まわりのジャングルから　昔からの知識をもって
日常の食べものを得る
グアモという大きな豆を割ると
ふわっとした毛に包まれた実がある
S氏は食べてみる　「あっ、甘いな」
納得する顔つき
地面に落ちている実をカゴいっぱいにする
食べてみると「脂のにおいがする」と一言
ナタで大木を割る民もいる
ふたつに割ると
なんと白くよく太った幼虫がでてくる
それをとってバナナの葉で包んでもって帰る
S氏はなまでその幼虫を食べてみるが
「草のようなにおいだね。焼いて食べるほうがこうばしくてお
いしいかも」
妙ちきりんな顔をして
まじめくさって噛んでいる
自給自足の民は
やがて目にも美しいハチ鳥を
吹き矢を射てつかまえ
その美しい羽根をむしり
腰のひもにひっかける
花の蜜を食べているから
肉に甘みがあっておいしいそうだ
高温多湿のバナナのはっぱでできている家には
ハンモックが一番似合う
ハンモックはジャングルに住む民が考えだしたもの
珍しい生活習慣をもつ彼らは
珍しい鳥の親鳥をみつけると
その子どもを捕まえてきてペットにするという
裸で暮らし裸足である
昔からの知恵を代々伝え
草のようなこんもりとした家をつくり暮らしている
その家のてっぺんには見たこともない色をしたオウムがとまっ

ている
S医師は風邪をひいている子ども達を診て
お薬を与え
ある赤ちゃんは
「脾臓が肥大しているマラリアの疑いがある」と、
お薬を与えたが
もう手遅れかもしれないと、
心配そうにうつむいた
一週間が過ぎ　お別れの時
長老は草の冠をかぶり神に捧げる踊りを踊ってみせ
S氏の頭にも草でつくった冠をかぶせてくれた
知られざる民と直接ふれあうこと
自然と一体となって暮らす民と一時《いっとき》でもすごせば
生きる、ということ　その基本的な意味が
純粋に立ちあがってくる——と言う
謎の山　ワチャマカリ
謎の山と未知の民たち
神に捧げる踊りで
民たちが吹く楽器も自分たちでつくって吹いて
母親が赤ちゃんに聞かせる歌も
唇をこまかく震わせて音を出し
不思議な音階をあらわし
風の音のようで自然な感じだ
太古の暮らしのままであっても
笑顔が素直であるし
S氏が笑って話す
お泊り交渉をしても貧しい民のほうが
親切にしてくれる、という
人というものは、一番大切なことは
第一に心の優しさだ、ということ
尊い言葉をS氏は導きだしてくれる

桃色の

夜眠る寸前
ぺちゃぺちゃと傷を舐める
猫になりそこねて人間になったのか
その傷はいつついたのかもわからない
舌で舐めとる感覚が楽しくなる
アレルギーのわたしは
すぐあちこちの皮膚トラブルに悩まされる
もう死んでしまったぬけがらの男《ひと》を思いながら
ひとつひとつのしぐさを思い出す
なにがおかしいのかもわからず
くすくすと一日中笑った
夜は長く
ようやく明けてゆく空のむこう
白く透けてみえる
細かく刺繍された月が笑いかけるけど
ゆるく　かゆく　むずむずする肌を
すぐひっかいてしまう

傷を傷としてではなく
さみしい赤い痣のように
生まれた時からつけられた痣
女として生まれ母となっても
あいかわらずのむず痒さが去ってゆかない
中学生の時
いじめられ嘲り笑われて
ひとりぽっちになったことがあった
誰ひとりわたしに話しかける者はいなかった
だからひとり離れている
嘲りにただ遠くから憎々しくわたしをみつめる目にもまいって
　しまう
まるで妖怪人間なのだわたしは
もうほっといてくれ　疲れたんだ　と
今日も傷を舐めまわす
肌ほのめく　艶めく　桃色の女

心を病むきみに

朝　芙蓉の花に
青い色の幼虫がいた
私は唯　みつめるだけ
そして　その下の土に蟬が落ちていた
せめて　アリンコにたかられないように　と
芙蓉の大きめの葉の上にのせた
黄色のわくら葉を見る
小さい虫に食べつくされた
紫式部の葉
蜘蛛も糸をかけて
その葉をぐるぐる巻きにしている
病み傷んだものはとても静かだ
そおっと　ふわぁっと　置かなければ
この世から消えてしまいそうで怖い
芙蓉の上の幼虫に心で語りかける
芙蓉の葉はおいしいかい
おまえの居場所は快適かい
ひろくて大きな芙蓉の葉の上は
優しいお母さんのように包んでくれるかな
おまえと私は
虫と人間
だけどその垣根を超えようよ
自由に生きて大人になればいいよ
どしゃぶりの雨でも　がんばれ
はっぱにむしゃぶりついているんだよ
生きるだけ生きたらええがな
青い空に飛びたつ日が必ずくるからなぁ
わたしの心　きみに飛ばすよ

Essay

Yoshida Hiroko

石鎚神社にて

九月末、阪急のバスツアーに参加して、パワースポットと言われる四国の石鎚神社本社にお参りした時の事。

百段以上ある石段を、とにかくがんばってようようのぼり、そこで手を合わせ拝んだ。

持病十四年目にはいる私は、〝なんとかこの持病と共に一日でも長く生きられますように〟と、お祈りした。

本社を正面に見て左の方に歩くと、おいしい水が湧き出ていて、そこには水を入れるボトルも無料、と札が出ている。

長い列ができた。水をもらった人が帰る道に、「ありがとうございます」と、いく度も大声で言う若い男の人がいた。隣にはダウン症と思われるリュック姿の男の人も。

水を汲んだボトルを持って帰る一人一人に向け、礼をして「ありがとうございます」と言う。お水をいただいたこちらがお礼を言われるなんて、おかしな気分だ。

でも心の底では、こんなにすがすがしい石鎚神社で、心も身体もはだかになれて、浮き世の垢がぬぐわれるような、そんな気持になれた事が感謝だった。

誰かが後で、なんだか恐かった、とひそひそ話す声も聞こえたが。

人間、すっかりはだかになれば、産まれたばかりの赤ちゃんのような、無垢な心で障害のある人の心も包み、その人達に向けて、ほんとうに、しんから「ありがとうございました」と頭をさげられる思いになった。

佐藤　真里子

さとう　まりこ
一九五一年青森県生まれ。青森市に在住。独り暮らしをしたことがないわたしが、突然、独り暮らしを始めることになり、なかなか、慣れない。

眼の手術

ロケット局部麻酔号に乗り
ミクロの宇宙へ飛び立つ

唯一の窓に降り注ぐ
やわらかなシャワーの雨
ただ白くて明るくて

〈メスが入る〉

いきなり
八方に飛び散る赤く細い糸は
わたしの血の糸
未知につながろうとして
のばした触手

意識の底深くに広がる海から
藍色や　橙色や　薄紅色で
現れては消える

きれいなかたちの魚たち

ずうっと
　会いたかったのに
つんつん突いてくるのはなぜ
　いつもは見えないきみたちの
思いがけない傷みに触れて
　動いてはいけないのに
ぴくっと震えそうだよ

〈濁り水を抜く〉
〈新しいレンズを入れる〉

窓から見える宇宙は
淡い灰色に曇ったり
黒い線が斜めに走ったり

〈ミクロの傷口を縫う〉

窓が塞がれ闇に包まれる

樹になった少年

森が
語りかけるように
物語のページをひらくと

樹々の葉が
空に緑の透かし模様をひろげ
木洩れ日が
斜めに降り注ぎ

鳥の歌や
虫たちの演奏が
ほんの少し止むあいだだけ
やわらかな水の音が聞こえてくる

天と地にはさまれた重い空間から
移ろう時の流れからも
遠く隔てられて

ツリーハウスに揺られながら見る夢
淡い夢のすきまから耳元に届くつぶやき
…海の向こうの　砂漠の国で　地雷を踏んだ

少年がいてね　吹っ飛んでしまった右手と
右足までも　懸命に動かして　こんな国は
いやだと　懸命に駆けて　この森にたどり
着き　とうとう　一本の樹になったのさ…

なかば朽ちかけた古い樹のそばには
低く細くいまにも折れそうな樹が
幹の左はよく生い茂っているのに
右には枝も葉も無い樹が

…いのちはつなぐもの
つなぎながらめぐるもの…

森が
わたしを置き去りにして
そっと物語のページを閉じる

明るいお手洗い

独り暮らしになり
二階にも作ったお手洗い
もとは部屋だったから
窓が大きくて
とても明るくて

長居したり
くつろいだりの
場所ではないけれど

用がなくても
ついこもりたくなる
こもって
自分への子守り歌などを
くちずさみたくなる

腰掛けると
すぐ目のまえに貼ってある
乱暴な字で予定が書きこまれている
カレンダーにつぶやく

…なんとか今日まで来れたわね…

はさんでいるメモ用ボールペンが
くすっと笑みをもらしたので
ピンでとめたカレンダーが少し傾く

小さな棚の上から
じっとこちらを見ている
七人の小人たちに話しかける

…いつまで行けるかしら…

たちまち
七人がめいめいに
励ましたり忠告したり
何がなんだか
困惑するばかりで

窓からの陽射しが眩し過ぎて
思わず立ち上がると

「大丈夫かい」と
聞き慣れた声がして
背後からギュッと
抱きしめられる

Essay

Sato Mariko

夢の不思議

子供の頃から、よく夢を見た。目が覚める直前の、はっきりと記憶も生々しいものや、目が覚めたとたんに、すうっと消えて、断片や、ただ何か見たということだけが、残るものなど、様々である。わたしが見る夢には、色彩も匂いも感触さえもあるので、どちらが現実か疑わしくなる。いくつかの夢の中で、同時に生きているのかもしれない。

フロイトによれば、夢には、それぞれに意味があり、分析や判断もできるし、精神病の治療にも応用できるようだ。そのときの精神状態が、大きく影響し、眠る直前に見たテレビ番組、読んだ小説、当日に起きた気になること、それらが、夢に絡んでくることもある。わたしが見る夢は、物語性に富んでいて、いかにもありそうなこと、あるいは、まったく起こりそうもないこと、両方が夢になる。このように、現実から見れば、興味深いことが夢になるし、覚めて見る夢も好きなので、夢の続きを思い描き、詩に書くことも多い。

夢についての最も古い記憶は、小学校に入学前のことだ。毎夜、同じ夢を見る。大きな般若のお面が、顔に迫ってくる夢だった。終いには、怖くて、眠るのを我慢した。

十代、二十代にも、夢はよく見ていたのだが、特筆すべきことは何もない。四十代になり、子供たちも巣立ち、夫と二人暮らしになった。専業主婦のわたしは、この平穏な生活が、いつまで続くのかと思いつつも、大した問題も事件も起こらない日々を過ごした。そんな毎日ではあったが、夢はよく見たし、目覚めても覚えていて、しかも、繰り返し見る夢が、何種類かあった。何か思い当たるふしもなく、起こりそうもないことが、唐突に、夢にあらわれた。

繰り返し見た夢が、二十年後に、現実となったときには、自分には予知能力があるのかもしれないと、驚いたり、怖がったりした。

その頃に住んでいた家を出て、どこかに引っ越ししたのだろう。崩れそうな空き家になった我が家に、残してある荷物を取りに来たわたしが、過去を懐かしみ、嘆いている夢は、いま、現実となった。夫の急な他界により、わたしが独りで暮らすには、とても不便な場所に家があったので、近くに杉の林があり、行き止まりの丘の上に建つ、お気に入りの家だったが、引っ越すことにした。それまでの半分以下のスペースへの移動だったので、たくさんのものを残してきた。たまに、取りに行くと、豪雪の冬を越すたびに、家の傷みは進んでいて、繰り返し見た夢と、同じ切なさをかみしめている。

もうひとつは、迷子になった夢である。西洋のどこかの街、しかも中世の石の建物が並ぶ、狭くて暗い小路に立つわたしは、家に帰りたいのに、道に迷い、困っている夢だ。この夢も、何度も見た。そして、二年前、わたしは、ベネチア本島の小路で、本当に迷子になった。繰り返し見ている夢で、まだ、実際に起こっていない夢が、いくつか残っている。その夢を見たときには、少しだけ、構えたり用心したりするが、すぐに忘れてしまう。

福間　明子

ふくま　めいこ
長崎県生まれ。福岡市在住。詩集『原色都市圏』『東京の気分』。参加詩誌「きょうは詩人」「孔雀船」「水盤」。日本現代詩人会、福岡県詩人会に所属している。

人工島からアイランドシティへ

1

そこに海があったから埋め立てた
あれから二十数年をへて現在
人工島の夜明けは複雑である
キリンを思わせる大型クレーンが
ぼーっと七機ほどあらわれる
人々をつかさどる何ものかのようにあらわれる
空気が薄い朝が来て
大陸の有毒塵でぼかされた空に陽がのぼり
不幸せな住民だと思うこのごろ
紛争難民ほどではないけれど
地震原発事故水害風害難民ほどではないけれど
これもまた不幸せに違いない

アイランドシティという名のもとに
こども病院が移転した
褒め言葉の立派なこども病院が建てられた
そこに海があったから
理由なき埋め立て地
理由なきとは重要な意味をなすか
テリトリーはあやふやである
夜更けに
救急車のサイレンがとおくとおく流れていく
不幸せの尾を引いて流れていく

2

未来予想図がひかれ
ツイン高層ビルが建つ小学校が建つ中学校が建つ
ぺんぺん草やアレチノギクを除草して
並木道にアカシアが花を咲かせ
スノッブが多く好んで住む街と化した
スーパーマーケット　フィットネスクラブ　癒しの湯
海ノ中道大橋を渡ってアイランドシティへ
アウディ車に乗って風を切る

文明都市化
電車はまだ走っていない
空と海をかき分けて走る電車に揺られて
夢をみる年ごろは終わった
漫文をすがめて笑うには

まじまじと幻術に屈しているようで
晴れない心を抱くも抵抗しても
海の中にポカリと人工島
未来予想図がひかれ
二十一世紀はまだ始まったばかり
アイランドシティ海風つよし

檻の中のもの

その角を曲がれ曲がって進め
欲望の道を進めばいいのだ
あどけない人の足に躓いたのは旅に出て七日目
「獅子の舌」という名の食堂に入った
新しくもない古くもない
記憶のよどんだ場所と言えばいいのか
壁に貼り付けられたポスターに
「エメラルドグリーンの湖底の集落」の文字
さめたスープがでてきた
飲めば飲むほどさめていった
これはたんなる記憶にすぎないのか
だが風はどこかで吹いていた

これがエメラルドグリーンの湖か
漕ぎ出せという声
声に従うことはない
漕ぎ出すのは自分の意志

はたして意志などあったのか
闇へ向かい闇を裂いて舟を漕ぐ
ふんばる足の裏の異様な感覚この感触
フリカエルナ　闇の前に何を聴いた
強硬な闇に向かい　フリカエルナ
自嘲の笑いをもらす
やがてという一縷の望みなど　やがて
エメラルドグリーンの湖底に舟は沈んでいった
漕ぎだせ　漕ぎだせ　声がこだまする
声に従うことはない

見張られている　いや　見張られていた
新月から三日月そして半月ややもすれば満月
歌をうたう人は両の耳に涙の粒を連ならせ
重罪犯罪人はあなただと告げる
いつだってそうだった　過去などどうでもいい
ブレていく
視界がブレ　身体がブレ　精神がブレ　世界がブレ
リニューアルモード
キーを押すだけでことは済むはずだった

はるか彼方に長蛇の列が見える帰還兵らしい
憔悴しきって精気がない
不思議なことに
宇宙からの帰還兵には一様に鼻が無かった
漏れる息からは「プネウマ」と発せられたような
聞き間違いだろうか

それはことの始まりでもあった

昨日は悲鳴を聞いたようだが
昨日のことはすでに忘れた
丸くなって眠りにつく　どこからか
懐かしいメロディーが感性をくすぐる
もう何処へも行くまい　あらがうまい
なすがままに目も耳も鼻もなく
湖の深い底でゆられながら丸くなって眠りにつく
滴り落ちる雫を海馬でうけとめながら
地球のどこか　宇宙のどこか　心をゆだねよう

信じられるものを信じてみようと
しかし　確かなものは何もつかめなかった
檻はそこにあり　そこに存在する
「プネウマ」そう忘れもしないプネウマだ
かたちなどいらぬのではないか
人間は想像力にたけているのだから
見えるものと見えないものとのあわいを
想像力がウスバカゲロウのように
羽音もなく飛んでは落下するだけだ
降り積もっていく記憶のどこかとおく　とおく
響きあうものがながれていく
生命の希薄な部分へとながれおちていくのだ
眼をひらいて見るがいい
眼を閉じて思うがいい

（「水盤」14号連詩を改変）

Essay

Fukuma Meiko

ルイズさんへ

先日のこと本棚を整理していたら、新聞紙の古い切り抜きがでてきた。「伊藤ルイさんが死去」の見出しで「大正期の無政府主義者大杉栄と妻伊藤野枝の四女で、一貫して反権力の立場から市民運動を続けてきた伊藤ルイさん（いとう・るい＝本名留意子＝るいこ）が二十八日午前五時四十分、胃がんのため、福岡市の病院で亡くなった。七十四歳」。一九九六年六月二九日朝日新聞の記事を読みながら、現代詩手帖（思潮社）六月号から連載が始まった横木徳久「リスボンから満州へ」を思い出していた。横木氏はリスボンで出会った女性が甘粕正彦の孫ということに端を発し甘粕正彦から大杉栄・伊藤野枝それから満州へと論考していく。では、私は伊藤ルイさんから大杉栄・伊藤野枝そして甘粕正彦へと進んでみようと思う。一九八二年三月一〇日松下竜一著『ルイズ　父に貰いし名は』（講談社）が出版された。

「こんどの子は、僕の発意で、ルイズと名づけた。フランスの無政府主義者ルイズ・ミッシェルの名を思い出したのだ。彼女はパリ・コミューンの際に銃を執って起った程勇敢であったが、しかし又道に棄ててある犬や猫を其の儘見棄て、行く事のどうしても出来なかった程の情愛の持主であった。が、うちのルイズはどうなるか。それは誰にも分からない」

（『無政府地獄—大杉栄襍記』安成二郎著）

伊藤ルイさんが父による命名譚を聴かされたのは五十歳を過ぎてからだったと書かれている。祖父も祖母もその事を語ることはなかった。

一九七六年八月二十六日の「朝日新聞」は、大杉栄らの死因鑑定書が発見されたことを大きく報じていた。

（略）「大正十二年九月の関東大震災直後の混乱の中で、憲兵大尉甘粕正彦らに捕まえられ、東京、麹町の憲兵分隊で殺害されたとされている無政府主義者、大杉栄氏と伊藤野枝さん、おいの橘宗一少年の三人の死因鑑定書の写しが、半世紀ぶりにみつかった。軍法会議の命令で、三人の死体を解剖した軍医大尉（故人）の夫人が保存していたもので、鑑定書は①大杉氏と伊藤さんの二人は肋骨などがめちゃめちゃに折れ、死ぬ前に、ける、踏みつけるなどの暴行を受けている、との新事実を明らかにしたうえ②死因は、三人とも首を腕などの鈍体によって絞圧、窒息させられたもの（扼殺）、としている。軍法会議は甘粕大尉らによる殺害、として有罪判決を下したが、一部には『大杉氏は麻布三連隊で射殺された』との説もあり、今日までナゾに包まれた事件とされてきた。それだけに、鑑定書を見た大杉氏の知人や研究家らは『事件の裁判記録が散逸してしまった中で、この新資料は、一つの歴史的決着をつける重要なものだ。暴行の事実も今回、はじめて明らかになったが、改めて軍のむごさに恐怖を感じる』といっている」

私がルイズさんこと伊藤ルイさんを知ったのは子育ての頃で三十歳代だった。青市（有機栽培・無農薬野菜の青空市場）を介してだった。一九八六年四月チェルノブイリ原発大爆発で死の灰が日本へも飛来しているというのに、近くがイチゴの産地でもあり、私はイチゴジャムを煮ていた。そんな中、子育て中の母親が「伊藤ルイさんの話を聞く会」を開いた。もちろんチェルノブイリ原発が一番の話題となったが、私のイチゴジャムはルイさんのおみやげとなった。快く受け取ってくださったルイさんの笑顔は忘れられない。この一年前にルイさんは『海の歌う日 大杉栄・伊藤野枝へ―ルイズより』を講談社から出版。「お母さん、わたしは畳の上では死なれんとよ」と、野枝さんは母親のムメさんに言ったという。「天皇に弓引く者の子」と世間の冷たい目にさらされて育った子供時代。ルイさんの過酷な人生を思う。

ルイさん・松下竜一さんとの「草の根運動」も市民運動も勇気がなく、気概がなく、途中で潰えてしまった私には、語る言葉もありませんが九月に国会では安全保障関連法の強硬採決が行われました。昭和の時代に大変な奈落の底を経験した国民であるはずなのに、とんでもなく危険な方向に向かっている昨今の日本国。「博多湾の上空には中国からの大気汚染物質が押し寄せてきています。ますます人間の愚かさを感じる空しい時代となっています。ルイズさんへ」。

峯尾 博子

みねお　ひろこ
一九五六年生まれ。埼玉県北本市在住。詩集『エイダに七時』『交信』、詩誌「花」「晨」同人。埼玉詩人会、日本詩人クラブ、日本現代詩人会会員。

サバンナ

スクランブル交差点で
キャッチセールスの男に
声をかけられたことがある
次の瞬間　男が覗き込みながら訊くのだ
―君　いくつ？
二十歳をいくつか過ぎたわたしが
十七、八歳の少女に見えたのだろうか
―ねぇ高校生？
その時の若い弾んだ男の声を
何故か今も憶えている

スクランブル交差点に
煽られた熱い風が吹いていた
風の中に微かに

乾いた草の匂いがしたようで
サバンナのあたりかしらと
行ったこともない草原を
想ってみる

行き交う車が停止して
交差点に一瞬出現するサバンナの水辺
てらりと光るアスファルトに
跳ねる水のきらめきがある

サバンナの水鳥たちが
いっせいに
飛び立つ羽音がして
またたく間に
水鳥は一羽も残らず
どこかへ行ってしまった

男は　決してむこうへは行かない
立ち止まり　引き返すのだ

草原にある低木の
ひときわ濃い影は
きっとあの男の声なのだ
とても長い時間
サバンナの草原に取り残されている

栞ひも

読みかけの本の栞ひもは
九六頁と九七頁の間の溝に寄り添いながら下がり
中ほどでひも先を持ち上げている
光沢のあるオレンジ色で
幅四ミリほどに平たく編み込まれたひも
そのひもに触れることができない

栞ひも本来の用途に応えて
すでに使われた栞ひもを使うのは平気なのに
未使用の栞ひもは
幼子の描いたクレヨンのいたずらな描線のようにも
ぼんやりと羊水に浮かぶ胎児の姿にも似て
挿まれた頁からはただならぬ静けささえ漂っている

いつからかそのひもに触れることができない
だからいまは栞ひもの前で立ち止まる
九六頁と九七頁を無事読み過ごして本を閉じると
外は喧騒がひととき凪いだ初夏の夕暮れ

早く大人になりたいとも
子どものままいたいとも思わなかったけど
大人になって　年を重ねて
恥ずかしいと思うこともあるし
悲しいと思うこともある
思いやれなかった人のことを思うこともあるし
栞ひもに立ち止まる夕暮れもある

（以上詩集『エイダに七時』より）

畳海

夏
父が家族を海へ連れて行く
そういう時期がありました
こどもごころに
父の不機嫌が起こらぬようにと　祈りながらも
海はこころ躍るものでした
そうして一晩か二晩を過ごして帰ってくる
そのとき海は長い手足の波になって
こどもについてくるのです
そしてしばらくこどもを揺さぶり続ける
だからまだ海の中にいるみたいで
うみ
うみとさけんで
家の畳の海に
浮き沈みしてみせました
父と母は嬉しそうでした

時の波間を
静かに無言のまま漂っているのは母でしょうか
父はもう自分の奥さんのことを憶えていません

畳の痕がついているとよく笑われるのですが
どうも畳はいつも濡れているようなのです
砂が足裏につくこともあります
昼寝した頰に畳痕がつくのは
寝方のせいではなく
育ち方のせいだと思います

オルガン

ひとからひとへと譲り譲られ
渡されていったオルガンを
ひとり暮らしのおばあさんの家に運び入れた
でこぼこした庭土によろけて
低い縁側に置いたとき
座敷の隅に
身も心もぎゅっと縮こまらせたようなおばあさんがいた
〈お弾きになるのですか〉
〈いいえ　弾いたことはないです
　いちど弾いてみたかったんです〉
おばあさんを見かけたのはこのときだけ

陽射しのなかの風が誘う
古屋
そこにある
気配を　すでに

廃屋とよんでいいのだろうか
小さな平屋は
窪みあるところの影を濃くして
雨戸の薄板は剝がれている
草はひざ丈に伸びている

住むひとのいなくなった家は
静かに陽をあびている
降りそそがれるものを受け入れながら
ちりちりと熱を放射させて
そのいとなみに
立ち現われ
消えていく人影
ほのゆらぐ物影

空のふいごの膨らむ午後
かふかふとペダルを踏む私に似た影
縁側の鍵盤の鳴る音がして
草はゆるやかに封印を解く

（以上詩集『交信』より）

Essay

Mineo Hiroko

純真

九月三日、越中おわら風の盆を見に出かけた。

まつりが始まるのを待って、ぼんぼりが灯るまでの間、昔の面影を残す町並みを歩いた。町の中には、古い石畳の道筋がいくつも静かに流れていた。

土地の人たちはみな親切で、家の前に出した縁台に、休んでいきなさいなどと声をかけてくれたり、玄関を開放して、手づくりのつるし雛などを飾って、見せているお宅などがあった。

いよいよ踊りが始まり、ゆっくりとした踊りの群れが、目の前にひろがってきた頃、肩越しに、高齢の男性ふたりの会話が聞こえてきた。

彼らの会話の内容はこんなものだった。

女踊りも男踊りもいいけれど、なんといってもこどもの踊りがいいなあ。ほら、あの子なんか、見てごらんなさいよ。一所懸命じゃないか。純真とは、ああいうことだ。

まったく、まったく。

かれらの言葉にうながされて、私もまた、子どもの踊り子たちを見た。あの子と彼らのいう子は、どの子かわからないが、私もひとりの七、八歳の女の子を見定めていた。

その子は、愛らしい顔を真っ直ぐ前に向けて、一心に踊っていた。手先からもまなざしからも、その子が一心に踊っているのが、その身体の隅々に現れているのが、見て取れた。

やがて三味線や胡弓の、哀調を帯びた調べが遠ざかる中で、私は純真という言葉を反芻していた。

編み笠を被った男女の踊りは、謎めいた優美さで、幽玄な世界へと見る者を誘っていたが。顔の見えない男女の踊りの間にあって、こどもたちはひかり輝くもののようだった。まっさらないのちの発露を、垣間見たように思われた。そのひかりはまた、侵しがたく妖しいものをも含んで、輝いているようにも思えた。

わたしたちは普通言葉というものを、話すにしても書くにしても、使うからには当然、わかっていると思っているし、理解していると思っているわけだけれど、さてどうなのだろう。

もとより言葉の素養のない私のこと、学問的などという難しい話ではなく。思いがけず、言葉の本質というものに目を開かれたというか、言葉の意味や抱え持つその世界の深さやひろがりを、ふいに納得したというか。

普段何気なく使う言葉に一瞬立ち止まる、そんな機会。たまさか、まつりの一場面でどこからか、降ってきた言葉。〈純真〉。

いつか純真という言葉を使うことがあったら、この日のことを思い出したいと思う。

まつりは途中で雨になり、ぽつりぽつりと降り出した雨を見上げながら、沿道で次の踊りの群れを待っていたが、そのまま終了となってしまった。

残念だったが、それもまた風の盆というまつりには、相応しいようにも思えた。

上田 由美子

うえだ　ゆみこ
広島市生まれ。詩画集『白い闇』、詩集『八月の夕凪』。詩誌「竜骨」「火皿」同人。日本現代詩人会、日本詩人クラブ、中四国詩人会、広島県詩人協会所属。原爆投下数日後の広島市内を歩き、入市被爆。この経験から、ながく原爆の詩を書き続けています。

銀鱗の鞘

身の丈ほどの雑草の中　ボールを探している

その時

陽光に照らし出され　白く光ったものは
脱ぎ捨てられた蛇の殻
刀《たち》が抜かれた銀鱗の鞘

春に暗闇から抜け出し
夏には殻を脱ぎ捨てて

夏は夏の気配の内に
潔く　自分の身の丈だけで
秋へと歩みを進めていく

この私は……
忍び寄る執念の鱗が体にはりつき
脱ぎ捨てることも出来ず

夏の中をのたうち回り　秋を迎えてしまう

蛇の衣に　手をそっと触れてみる
草むらのどこかで光る視線が
　心をみすかしている

老いの業が
この世に踏みとどまろうと
自然の流れに杭を打つ

むさぼるように命をたぐり寄せても
堰を切って流れ込んでくる刻が
すべてを容赦なく押し流していく
やがて
生きた記憶さえうすれて

（『白い闇』より）

黄昏の譜

遠くに見える竹林
風に合わせて右に左に節を漕いでいる
晩秋の光が咲く花を一つ一つ落していく
先ほどから
誰かが近づいて来る気配がする
きっと言葉を落してしまったあなたが……
私は振り返らずに
鈍色の底からいち早く抜け出さなければ……

そう思いながらも
自分の力では芽吹きの気概が後押し出来ず
晩秋の中で会話のない日が続く

掛かって来るはずのない電話のベルを待ち
扉を開けて
「ただいまー」と言う人を待ち続ける

ほんの少し前まで
二人は同じ景色を見ていたのに
日溜りは影を落して
どこに光が隠れてしまったのか

こんなにまで私を待たせて
あなたはどこでさ迷っているのか

記憶の帳を下して
言葉があったことを忘れ
いつも遠くばかりを見ているその視線は
私が追いかけても追いかけても
あなたの目にはもう私は映らないのでしょうか

どうか
瞳だけはしっかりと私を見つめていてください
それだけで私は今日も元気に働けるのです

女の性《さが》

カーテンの隙間から差し込む偏光が
女の横顔を浮き上がらせる
寝ている側に男が座っている
先刻の医者の言葉を反芻している
女が目覚めた時の言葉を探してみるが
男の胸には一つの言葉が絡みつく
「数時間の命」

なぜ　人の命が計算出来るのか
神でもない人間が
人の一生の終わりを嗅ぎ分け
容赦なく刻々と時の迫りを告げる
医者は不遜だと腹を立てている

死の宣告　払っても払っても
どこからか　何かの影が死角の一点から
静かに女を引き寄せている

暗い予感が部屋を覆う
彼女が目を開ける　うつろな瞳で
彼の手を捜して優しく触れている
人の終わりの瞬間の戸惑いにも
白い肌に頬笑みさえ浮べている

男は女が命を生む姿に畏れを感じ
今また　命を閉じる姿に畏れを感じる
生と死のせとぎわでなぜこうも静かで美しいのか
痩せた女の手を握りふるえている男

女は子を産むという性で
生と死の門の前にたえず立たされている
五感を超えた感覚が産道を通る時
母を呼ぶ我が子の声が聞こえる
命を誕生させる喜び
女が命を閉じる時　子を産む臓器だけには
最後まで脈々と血を溜めて
受胎の匂いの薄衣を纏い
霊境への道へと誘われる

やがて男は　女の手を離し静かに頭を垂れながら
神の揺り籠へと　母になろうとした女を委ねる

Essay

Ueda Yumiko

先手必勝

「おばあちゃんに、てがみをあげるけんね。まっといてねえ」

と、娘の方の孫から電話があった。

「まあー。本当。嬉しいねえ」

そう言って一週間目に、茨城から手紙が届いた。

四角形の封筒に娘の字で、宛名が書かれ、中から孫が書いたらしい手紙が出て来た。

三歳になったばかりの和史君の手紙だ。まるで恋人からの便りのように、少しばかりときめきを感じながら開く。

真っ白い紙に緑色のクレヨンで「大」という字が書いてあった。その一文字だけだ。まるで、大きく手を広げて、大の字になって寝ているような感じである。横一棒も太く、細く歪んだ一文字だ。思いっきり力を入れたと見えて、最初の書き出しが丸太をイメージするほど太い。思わず、私はにっこりした。

次のページには娘の解説文が載っている。

「最近、字を覚えたがって、お兄ちゃんの側で、めちゃくちゃ字を書いています。お兄ちゃんに『そんな字はないよっ。下手くそ』と言われているのですが、この大の字だけは、正しいと合格点がもらえ、こればかり、やたらに書いています。でも、この『大』の字にも和ちゃんなりの意味があって、その後に続く字があるのですが、何回、お兄ちゃんに教えてもらっても書けないので、この一字だけになってしまいました。この後に続く字が何だか分かりますか」

私にはすぐに分かった。「きっと、『大好き』と書きたかったのだ」と確信した。

夜になって娘に電話を掛けた。

「和君に代わって」

「おばあちゃん、てがみついたでしょう。つづきがかけんかったんよ」

すかさず私が答えた。

「大好きって書くつもりだったでしょう」

「うん、そう」

やっぱり、私のことだった。その時はわが夫もこの世にいたので、張り合っていた。だから、孫の心を独り占めにしていた。その日は一日中、いい気分だった。

今、彼は高校一年生である。娘によると、同級生のかわいらしい女の子に夢中らしい。ラブレターらしき手紙の切れ切れが、紙くず箱に捨てられているそうだ。なかなか、事がうまく運ばず、悩んでいる様子とのこと。

「心悲しも、独り思ひし」といったところらしい。

昔、私に書いてくれたように「大好き」と一言、真っ白の便箋に大きく書いて彼女に差し出せばいいではないか。和君よっ。その勇気がないのか。私がもし、彼女だったら、その一言は「値千金」だぞ。いっぺんに「フォーリン・ラブ」となるだろうに…。

和君、頑張れ。女性には全て押しの一手、先手必勝なのだぞ。経験者が言うのだから、間違いない。

だが、もう十年も前にあの世の人になっているので、確かめてみることは出来ないが、ひょっとしたら夫は、「押しの一手」はいささか「勇み足」だったと思っているかもしれないなあ…。

沢田 敏子

さわだ　としこ
一九四七年愛知県生まれ。既刊詩集『女人説話』『市井の包み』『未了』『漲る日』『ねいろがひびく』。詩誌「アルファ」がおととしに終刊後は同人誌に属さないまま過ぎてきました。来年の早いうちに新詩集を纏められたらと思っています。

からだかなしむひと

痛い、とは言わず
哀しい、と言った

こころが哀しいのではなく
からだのそこが哀しい、のだと
遠い日の祖母は少女のわたしに
半裸の背中を向けて。

家族のなかのほかの誰に言うのでもなく
ただ　潮がざわつく前の少女のわたしに
老骨のからだをさらして
哀しい。
と言った

その向こうには湾曲の半島があり
海が眺《み》える

どんな痛みが祖母のこころの領分を
占めていたのかを知らないように
どんな哀しみが祖母のからだの奥処を
通り抜けていったのかを知らない
わたしだった

少女のわたしはいつでもかえってくるけれど
祖母はわたしにもうかえってこない
不覚だった

からだのそこが哀しい、と言って
湾曲した世界のそこが哀しい、と言って。

新聞

M新聞を読みたい　と
ホスピスの部屋に　配達してもらっていた
二週間。　あのひとは
時間の流れていくのが惜しくていとおしくて

夜明け前から　起きていた
扉の隙からそっと新聞を入れようとして
挨拶に　驚いた配達員さんが
「もう起きていらっしゃるんですか」
と言った
二週間。　新聞は
あのひとの人生の最後の隙間から
差し入れられた

葉書

書いたことより
書かなかったことや
書けなかったことのほうが　はっきりと
インクのにじみの間から　立ち上がり
伝わっていくような
そんな葉書を　これから出しに行くところだ

どうしてなんだろう
まなこに涙がふくらむように
書かなかったことや
書けなかったことが　しずかに
もともと書いてあったように溢れ
葉書のむこうのあなたに滴っていくと思えてしまうのは

書き足りなかったのでも　書き過ぎたのでもない
そうとしか
そのときには　わたしに書けなかった
それだけ
だけど　運筆も
筆圧の跡も　あるだけのわたしだ

この次は
いつまた会うか　知らない人よ
言葉のもとで　言葉は芽ぐみ
書き直すことも書き足すこともしない　葉書
いちまい　持って
靴《スニーカー》を履き　玄関を出る

海の遍路みち

海の遍路みちでは小女子の佃煮を売っていた
ひとつまみの炊きたての小女子は軟らかくおいしかった
辻を曲がると現われる台車の人に
むこうで買ったからと言うと
うちのも賞味してくれと言う
ここではやりとりのことばが接待のようだった

遍路の朝はなべて早い
夜半に帰り着くまで

坂道を上り坂道を下り
急勾配の石段を見上げる難所続きには
身が持つまいと内心おじけづいたのだったが
修行なればこそ
遊びに来たわけではないのだよ
いや
遊びにさえも久しく出かけなかったが
ささやかな結縁《けちえん》を頼みの　遍路みちを辿る

海の遍路みちでは
線香も蠟燭も潮風に烟った
山門をくぐればふり返ることのないみちが
翳っているのか　照っているのかもさだかではない
何番札所だったのか　それさえ忘れて従いてきた

海の遍路みちは古木の梢も下草も
（ぶっせつまかはんにゃはらみったしんぎょう）
生い茂り　溢れ　途切れ　果つるところまで
（かんじざいぼさつぎょうじんはんにゃはらみったじ）
生じては這い　打ちやまぬ拍動を覆い
（しょうけんごううんかいくうどいっさい）
潮の声　遠い空耳の嗚咽も
やがて平らかに凪ぎ　滑り落ちていくところまで
不意に突き上げるものが目がしらを襲った
あのものの不憫さにではない

犯した過ちがいまにしてなおしょっぱいのだった
わたしのカウンセラーは言った
抑圧を逃がしなさい
（おんあぼきゃ・べいろしゃのう・まかぼだら・
　まにはんどま・じんばら・はらばりたやうん）
記憶を再構築することです
（おんあぼきゃ・べいろしゃのう・まかぼだら・
　まにはんどま……）
まるで人類への説諭のように言うので
わたしたちはそこで少しだけ笑った
（おんあぼきゃ・べいろしゃのう・まかぼだら……）
潮が引くように
〈その日〉が遠浅になったころのことだった
白衣《びゃくえ》の人らはやがて戻ってくるだろう
老いた先達の蹠に砂の音を聴き
結願《けちがん》までのみちのりを尋ねては戻るだろう
大師堂の納札所には入りきらぬほどの札が
舞い落ちた雪のように積もって

Essay

Sawada Toshiko

コールが変わった

「選挙に行こうよ〜」「選挙に行こうよ〜」コールが変わった。

九月十九日未明に参院本会議で「安全保障関連法」が成立した瞬間に国会前に集まっていた若者たちが絞り上げたようなコールは、連日続いた抗議行動で声も嗄れ、どこか悲痛な響きがあった。けれど次なるは選挙だという、その瞬時の判断と呼びかけの言葉に私は打たれた。至極まともだ。そしてしなやかだ。バネみたいに。私は自分が若かったころの危ういような疵《きず》多い歩みを思い出し比べて彼らを未熟だとは思えなかった。むしろ成熟しつつある市民権への態度を感じた。それは幾つかの世代を継いで育ち、いま彼らの中に具現したものとも言える。

普通の人が〈それ〉をするということがようやくスタンダードになった。あの法案が七月に衆院を通過したおり、意思表明をする運命にある人たちが意思表明してくれるのは当然と私は思っていなかったろうか。車椅子を押されて上京された瀬戸内寂聴さん九十三歳。名古屋栄の抗議集会でインタビューを受ける学士院会員の（そして私が属した文芸誌「象」の編集人である）水田洋先生九十六歳。咽頭癌で療養中なのに姿を現し、マイクを握った作曲家坂本龍一さん。ああごめんなさい、申し訳なさに私は心で謝った。

八月三十日国会前と各地で行われた大集会の日、私はチラシを見てこの地域の小さなアクションに行くことにした。連れ合いが百円ショップで買ってきた黄色のカラー画用紙何枚かに太マジックで「戦争法案許さない」「戦争イヤダ」と書いて貼り合わせた。おお何十年ぶりか。しかしいやだからいやだというのに何の不都合ありや。

この日は私の住む市内何か所かでこうした行動が行われたらしく、時間も色々で主催者も種々、近場に行けばいいのだった。別の場所から「ＰＥＡＣＥ」と書かれた虹色の旗一本持ちハシゴをしてくる人もいた。私と連れ合いは最寄りの駅前広場に立つ一群の中におり、用意したプラカードを開いて、車道に向かってスタンディング・アピールをした。信号で流れの滞った車からは意外にも窓を開けて「頑張れよ！」と声援してくれる人もいた。通りかかった四・五人のやんちゃそうな少年たち（私服の高校生たちだった）が「これ何？」と参加者に尋ねてきて、その場で仲間入りをした。

ある日には、歩いてみようと思った。（ネット検索をして名古屋に出かけるよりもっとローカルな）これも地域で、弁護士や住職や神父やあちこちのクリニックの院長や野党の市会議員や市民活動家などを呼びかけ人とする集会とパレード（デモ）に。中高年者が多かったのでのろのろと歩いた。歩き始めて間もなく歩道で流れに巻き込まれたらしい三・四十代の女性が歩く人と何やら話し込むうちに列に加わったようだ。炎天下にその人は帽子も手袋もパラソルもなく。

コースの中ほどで国道を折れ、マンションのある生活道路を歩いていくときに子育て世代と見える女性がひとり、むこうにもうひとり。そのマンションから出てきたらしく両手を大きく振り続けているのを見た。デモの人が皆通り過ぎるまでああして手を振っているのだと思った。

何が起きていたのか？わかったことは小さきそれぞれの直接行動があるということ。ともあれ私は今年の夏から初秋にかけての出来事を忘れないでおこうと思った。個の意思に立つ普通の人たちのことを。

水野 ひかる

みずの　ひかる
一九四四年生まれ。香川県善通寺市在住。詩集『抱卵期』『水辺の寓話』他八冊、歌集『車輪の影』『時の揺籃』、エッセイ集『恋の前方後円墳』。
「日本未来派」同人。現代詩・短歌・俳句の三つの詩型と格闘中です。

ヘルペス星月夜

みずたま模様の
帯が　解かれた

つぶつぶの水の玉がいっぱいちらばって
天の川がうねった
七夕の夜

逢えなかった恋人たちより
出会ってしまったヘルペスウイルス

しのびあう恋　しのびよる影
よりそう心　よりつく病原菌

尖った星がささるような痛みがあって
胸のいたみ
心の傷み
神経の痛み

逢えなかった哀しみより
遭遇した苦しみ
不運な星が降りてきた
六十四年目の夏の夜

漆黒の闇を　たくさんの星が
川のようにながれている
ぎざぎざの星の角がぶつかりながら
わたしの身体の闇をとおりすぎてゆく

痛みは

どこも痛まない日などない
心の傷みをひりひりと抱えながら
手のひらに透明な錠剤をのせている

頭痛がする
歯が疼く

胃の腑へと
小さな一粒が向かう

腰が怠い
巻爪が皮膚にくいこむ

甘い味のついた　その効きめを
手離せないでいる

膝ががくがくする
指が痛む

恋のように　麻薬のように
とめられない　やめられない

腱鞘炎　関節炎
いつもどこかが痛む

魔の手に摑まれるように
中枢神経が痺れてゆく

痛みは　孤独だ
他の人には　伝わらない

石の耳

土星には耳があると
ガリレオが　言った

昔の望遠鏡には
土星の輪を捉える力がなかったからだが
耳があるって　なんと素敵な話だろう

月のなかで兎の長い耳はぴょんぴょんはねて
餅をついている
象は大きな耳をぱたぱたさせて
虫を追い払っている

朝起きると
わたしの耳は石になっていた
しぃーんと　沈黙していた
がさがさも　ごそごそも
びゅんびゅんもなくて
静寂の中に　ぽつんと置かれていた

風の耳はいっぱい話を聞かせてくれるが
石の耳は不安のイメージがひろがるばかり
水の耳はかたちを崩して
すべてにとけこんでしまうのに
石の耳は岩のように動かない

〈沈黙は金〉などと誰が言ったのか
沈黙なんてしてほしくなかった耳よ
そんなにも疲れていたのか
耳はただしずかに眠っている

かたわれ（夫婦という対の一方）

かたわれが　病になった
かたわれだから　どうにかなるだろうと
おもったが
鳩尾のあたりに
おもたい錘が　ぶらさがったようで
胸はいたいし
胃はじくじくする

かたわれの病が
わたしのぜんぶになって
くずれてゆく　未来図
かたわれは一部分ではなかった
かたわれをうしないそうになると
じたばたする
こころが　はんぶんに割られるようになって
心臓が　どきどきして
おちつかない

わたしはかたわれを
じぶんの人生のように　おもっている
一卵性双生児が　うまれて
ひとつひとつの個にわかれてゆくように
夫婦も
いつかはひとりにならなければならない

かたわれが　病になって
すこしでも　さきのばししたい
孤のさびしさを
じいーっと　かみしめている

Essay

Mizuno Hikaru

病と詩

「六十歳まで生きたら誉めてあげる」。九十二歳まで生きた母が、亡くなる数年前に、私にかけた言葉である。ちょうど、私が五十歳位の頃だったと思う。この言葉の意味を分かってもらうためには、私が生まれた時代のことを、少し書かなければならない。

　昭和十九年十月、三十七歳の母から生まれた私は、四人きょうだいの末っ子である。太平洋戦争末期の食糧不足で栄養失調になっていた母。水のような母乳しか出なかった母。そのため、生まれてきた私は、産婆さんから、「この子は長くは生きられないよ」と言われた。

　虚弱体質と判定された私。明治生まれの母は、絶対に健康にしてみせると、心の中で誓ったそうだ。幼稚園は、退園するほどの病弱。小学校は、小児科に通いながら、微熱でも体育を休んで登校日を確保した。母のおかげである。高熱が出るたびに、死と隣合せの日々だったように思う。高校二年生まで、そんな生活が続いたせいか、死にたいと自分から思ったことは一度もないが、長生きできるとは露ほども思っていなかった。

　還暦を迎えた時、すでに母は亡くなっていた。その春、満開の桜の下を歩いていると、「六十歳まで生きたら誉めてあげる」という声が、私の身に降り注がれた。天の母から誉められたようで、嬉しかった。ところが、還暦を無事通り過ぎてほっとしたのも束の間、六十三歳の頃から体調が崩れ始めた。ウイルスとのたたかいのはじまりだった。

　皮切りは、まだゼロ歳児の双子の孫が逗留していた時のことである。三月末、突然の発熱。病院で風邪と言われたのに、二日間熱が下がらず、別の病院を受診すると、A型インフルエンザと判定された。夢にも思わなかった四半世紀ぶりのインフルエンザウイルスの感染。タミフルを飲み、事無きを得た。

　そして、翌年の六月初め、また風邪をひいてしまった。高熱は出ないが、身体が怠くて咳の症状が続く。マイコプラズマウイルスだった。いわゆる肺炎菌。血液検査の数値が非常に悪く、毎日点滴に通った。ちょうど、日本詩人クラブ関西大会の朗読を頼まれていたので、早朝点滴を受けてから、新幹線に飛び乗った。そのため数値の下がりが悪く、治るのに二週間以上かかった。

　また、六十五歳の七月には、ヘルペスウイルスに遭遇した。右頬にあらわれた水泡を、日焼けと思った私の無知。目の周りをお岩さんのように腫らして、女性には辛い一ヵ月近くを乗り切った。それでも角膜炎になることもなく、後遺症で痛みが残ることもなく、完治したのは、幸運としか言いようがない。

　それから三ヵ月後の十月、朝起きると突然右耳が全く聞こえなくなっていた。突発性難聴だった。近くの病院に行ったがはかばかしくなく、二日後大病院で検査した。三割の人は治らないと言われ、入院を勧められたが、諸般の事情でステロイド剤の投薬に決めた。

　そして、明けて一月末に嘔吐下痢になる。ノロウイルスだ。上から吐くは下から…なので相当苦しい。体重が一日で二キロ激減し、体力の復活には時間がかかった。

　以上、病気の話ばかりで嫌気が差したと思うが、今回は病の詩ばかりを集めてみた。私もいつのまにか古稀となり、今後も肉体的には病とのたたかいが続くと思うが、精神的には、現代詩・短歌・俳句の三つの詩型にしっかりと対峙して、言葉との日々の格闘を続けたいと思っている。

間島　康子

まじま　やすこ
一九五一年静岡県生まれ。一九七五年～二〇〇六年滞米。詩集『底にあるもの』『渡る眼 in MANHATTAN』『夢のうつわ』『私の動物園』『ねう』、随想集『集まる夜』。詩誌「駅」「鵠」、文芸誌「群系」などに所属。

白い雲を抱く伯母

海辺近くに住むおばさま
もうずいぶんお会いしていません
からだの片隅に
白い雲を抱いているというのが
おばさまの印象です
それは今も変わりません

もう何もかもが
遠くにあることですが
少女だった私におばさまは
　独りきりだから泊まりにきてちょうだい
とおっしゃった
その夜は
雷の鳴る夜でした

　わたしは末の息子が一番かわいい
そしてその息子と今も暮らしているのですが
あなたはこんなことを言われました

わたしはこの児を無いものにしようとしたのよ
跳んだり躓いたり転んだり
それまで口にしたこともない煙草をぷかぷか喫ってみたり

どうして
と問いもしませんでしたし
おばさまも理由はおっしゃらなかった
それでも生まれて育ち
わたしに一等近い子かも知れない

雲を抱くおばさまは
まるい輪郭の声でお話されるので
もしかしたら
毒を含んでいても
なめらかに喉を通ってしまうのかもしれません

あれから何十年でしょう
誰もかれも老いの舞台にのっています
おばさまいかがですか

いつかのお電話
第一声の萎んだ声が
だんだんにふくらんで水を帯びると
私の名を何度も呼んでくださる
自分を支える力が衰え倒れてしまわれる
　この間は頭をぶつけ脳がぐしゃぐしゃになってしまったのよ
顔を血だらけにしても
おばさまは私を覚えていて下さる

今は
『おばさま』というご本の何頁目でしょうか
もし
海辺に近い家から
おばさまに一等近い子から電話が鳴れば
と

私は
かなしいような静かさで
思っております

いつか
おばさまの全てが
白い雲になって
自由に
お会いできるのかもしれません

（初出「駅」95号）

Moon

幼児にも後ろ姿がある
柔らかい肉のうちがわに
どこか遠くからひそませてきた
こころのかたち
言えばそのようなものを
見せるともなく見せることがある

満月の夜
窓辺に立った児は
静かな様子で
空を指さす
　ムー
と言う
　Moon

傍らの母親は
　Moon
と教える
　月

あどけない児の
声は夜に吸い込まれ

ぼんやりと顔は硝子に映っている
その向こうにあるものは
さらに遠く高く

後ろ姿は
そこにある
が
現とのあわいに在る言葉のように
つかめない陰翳をみせている

（初出「駅」97号）

萩

零れるように
秋を咲く
空から降りて
地へと流れる線形に
紅紫の小ささが
ここ

呼ばれた場所である
そう頷かされる

かがんで交わすきのうの話

在りは在ったが
思い出のように切なくはなく
失うことなく超えてゆくことも

少し腰を伸ばしてみると
いまの話が風にゆれて
ゆるりと立ちあがる

みることはわかれること

ひとの声か
花の声か

秋の野に
低い
音
を
聴く

（初出「鵠」53号）

Essay

Majima Yasuko

蜘蛛の巣

炎暑の夏のあとは少し寒いくらいの日々が来て、大風が吹き荒れ豪雨に苛まれ、と凄まじいとも言える天候に翻弄される中、老母の入院、退院、再入院という、こちらも決して普通ではない事態に心穏やかならざる時間を過ごしてきた。それでも、何かがふうっと鎮まるように思われる時が訪れるものなのか、母の容態が多少快方に向かい、大荒れの空は久しぶりに青く、明るい日になった。

何だか洗濯物を明るい陽の下に広げ、乾かすということが、とてつもなく健全なうれしい作業に思える。前日屋内に吊るしておいた物は早朝外に出した。今日の分はすでに洗濯機の中で回りながら出番を待っている。朝の湿り気がからっとしてきて、陽の匂いが繊維の間にふくふくとやわらかく絡まったなら、今日の分と交代しよう。

物干し場に何度か出入りしているうちに、一角に蜘蛛が透きとおった銀の糸を張りめぐらしているのに気付いた。このような場所に蜘蛛の巣とは褒められたものではないだろうけれど、緻密に編まれた模様のむこうに透けてみえる青空との対比がきれいで、払うことをせずに家の中に入った。

時間が来て、今日の洗濯物を取り込もうと外に出た。大体いつもの順で衣類やらタオルやらを竿から外していると、また蜘蛛の巣を目にした。それまで朝見たことはすっかり忘れていたが、一瞬違和感を覚えた。巣は確か左手にあった。そこを見ると何もない。今は物干しの柱のむこう側にある。動いたのか。動いたに違いない。そっくりそのままの形で移動している。中心辺りに虫が引っ掛かっている。千切れた体の一部だろうか、そのようなものが少し離れた所にあるのも同じに見える。

ふしぎな魔法を見る思いだった。

どうやって引越ししたのだろうか。風に乗って…。あるいは柱を軸に時間をかけて、違う面に相似形を出現させたのだろうか。蜘蛛の巣のメカニズムなどとんと分からない。けれど、大層面白い。

家の移築については、いつか古民家を保存するために県を越えて移すやり方を聞いたことがある。全てを解体し、柱の一本一本に番号を付け、印を付け、運んだ先で間違わないように組み立てていくのだという。それも気の遠くなるような作業に違いない。

外国では、家を丸ごと長いトレーラーに載せて運んだりすることもある。モンゴルでは支柱や外壁となるフェルトのテントを解体し移動する。これは遊牧民の生活に適った移動式住居であるから、大掛かりな古民家の移動とは違っている。

もちろん、蜘蛛の巣を見たのは初めてではない。林や森の中で、山道を歩く途中で、庭の片隅の木々の合間に、廂から垂れていることもある。その下をくぐった時に髪や肩先につき、軽いのにヘンにまとわりついて離れない。そんな経験も一度や二度ではない。どのような場所であれ、すでに出来上がった形を目にする。特別な感慨も湧かず、何だかむさくるしく、どちらかと言えば邪魔なものとして扱っていた。

しかし。

蜘蛛の巣が動く。

それを知った時、その謎に満ちた事象にワクワクとし始めた。多分とうにその生態は研究されているだろう。けれど、知らないことでふくらむ楽しみがある。

風に乗って、陽を浴び銀色にきらめきながら、ブランコのように揺れて別の場所に移る。地球の片隅ではあるが、秘かに壮大な出来事が起きている—そんな空想に身内に風が渡る心地がする。

鍋山 ふみえ

なべやま　ふみえ
一九五〇年福岡県生まれ。既刊詩集『過程』『新世界』『アーケード』。「現実と文学」「ＧＡＧＡ」所属。日本現代詩人会会員。

あかりめぐり　一

きれぎれの雲のあいだから
覗く夕空
山際が濃い
道の奥まったところに
欅が数本
黒っぽいシルエットを見せる
傍らに街灯がともっている

そばを通り過ぎる
黄色く照らされた葉っぱ
はたして
わたしは灯りに照らされているのか
それとも
闇に消えかかっているのか

あかるみに浮かぶ
わたしの影
うすく広がる

蜻蛉の翅の色
かすかな重みが
背中に被さる
翅を収める

道の脇に並ぶ
すずらん灯に似た街灯
大きなアザミみたいなオレンジ色の灯り
ぽつぽつ続いている
たどっていくと
どこかに行き着きそうな気がする

夕暮れの巷は
はかなくて
歩いても
ただ
薄暮があるばかり

道は
遠くまでつづき

家いえは
少しずつ退いていき
わたしの周囲に隈ができる
闇に沈みかけた屋根

夕闇に馴染むまで
ひかりの穂が
幾筋も伸び
わたしの半身を支える

（「GAGA」55号）

あかりめぐり　三

階段を降りる
すれちがうたびに
かすかに暗部に触れた
まぶたでうすく覆われた眼球
震える仔ねずみ

雑多な音がする
落ち着かない昼間
道路工事の騒音に似ていた
埃が立ちのぼる舗装道路を
雨が一刷毛
地面を濡らして過ぎる
アスファルトの匂い

下方へ
暗い方へ　と急ぐ
地下鉄の乗客たちは
車窓の外に目もくれず
左右に揺れながら
行ってしまった

ここを後にするのか
それとも
残りつづけるのか
わたし自身にも判然としない

でも確か
あれは地上の出来事だった
待っていたものが
ある気がした
長く続く隧道を
息を切らせて歩いていた
焦慮感が今も
ありありと残っている

階段を昇れば
遠くに

一点のあかるみ
そこまで行くと
光の降りそそぐ
草の原
木漏れ日の森

周りは陰に覆われている
闇夜のロウソクのように
だけど　どこからなのか
無限の明るさ

頭を垂れ
ただひかりを浴びる
頭蓋のなかまで
光が差し
内からも
外からも満ちる

（「GAGA」57号）

線路の上のひかりの水

星降る下でわたしは打たれる。雨粒。果実。シグナルが下りている。雨粒。果実。てのひらを差しのべる。水気。木肌。ふと気づく　耳たぶの冷たさに。

地上に落ちるもの　たとえば草原の光。ドングリみたいに落果したのか。そのままだったら葉っぱのように朽ちるだろうか。

森の中のヒグラシ。聞こえるのは鳴き声。一度も同じ声はしない。ひかりの傷はどこにも見当たらない。ナイフで切り裂かれても　直後に閉じてゆく。

水を汲む　てのひらをまるめて。指のすきまから水が漏れる。こぼれ落ちて消えたものたち。地面を潤していく。一滴。一滴。地下水道。地上には無蓋車の列がつづく。

運ばれてゆく水。無蓋車の水面にひかりが映っている。ゆれている。炭塵の匂い。機械油のしみた石。枕木。陽炎の立つレール。窪みに菫。子どもが線路わきを歩いている。

手が届かずに　ちいさな手を握り締められなかった。押しつぶされた菫があちこちに。これ以上ないほどに押しつぶされている。口ごもったまま立ちすくんでいる。ひとりっこだった。

天秤にかける。かさこそ音のするものとしないもの。そっと降ろす。バッタがてのひらに一匹。みどり色の腹が震える。輝きを失くした腹　昆虫が肢を折り曲げて　水中にぽつり。

Essay

Nabeyama Fumie

安西均さんの詩

今年も例年どおり、八月に福岡県詩人会と野田宇太郎文学資料館（小郡市図書館内）の主催で「ゆかりの詩人を語る会」が開かれた。

詩人会から十五名が参加して、それぞれ好きな詩人の詩を朗読した。ゆかりの詩人なので、福岡県に生まれ育った方々、安西均さん、川崎洋さん、那珂太郎さんたちである。もちろん、地元の福岡で最後まで詩を書き続けた方も他にいらっしゃる。

これを機に、わたしは数名の詩人の詩を読み返してみて安西均さんの詩を朗読することに決めた。

なぜ安西さんなのか。

安西さんは一九一八年福岡県筑紫野市に生まれ、一九九四年に亡くなっている。

読みながら肉親に接したような親しみを覚えた。同郷であることに加え、わたし自身が還暦を過ぎ、死者への垣根が低くなり、隔たりがうすれてきたこと（最近よく、亡くなった祖父母を思い出すようになった）などがその理由だろう。でもいちばんは、その詩の世界に深く慰められる気がすることだ。そのせいで身近にいた人のように思えるのかも知れない。

安西さんは、若い頃に帰郷の詩（「飛行感傷」）を書かれているし、故郷の地名を考察した散文詩（「頬白城記」）もある。

だけど、たとえば最晩年の詩集『指を洗ふ』（一九九三年十一月発行）の「凍蝶《いててふ》」や「指を洗ふ」に見られる痛ましさと哀しさ、あるいは一九八八年発行の詩集『チエーホフの猟銃』の「冬のM港で」や「チエーホフの猟銃」「買物帰り」のなかに、穏やかならざるものと優しさが共にあることなどに接し、安西さんは裸のたましいについて書く詩人だとも感じた。故郷への思いは沈潜してしまっているのだろう。

特に晩年に編まれた詩集には、黄泉の国への道を通っていった安西さんの生なましい心情が覗いていて、こみあげてくるものがあった。寒々としていながらも、どこかなつかしいところ、生まれ故郷みたいな場所へ帰るのだ、と教えられている気になった。

また、それらの詩に色彩感が感じられることが、まるで夕映えに照らされるかのように、わたしの気持ちを明るくした。いちめん暗い色調で覆われた墨絵のような世界に、どこか明るみがあったりするのだ。最後に「凍蝶《いててふ》」の後半部分を紹介したい。

凍蝶《いててふ》（部分）　安西均

〈時〉は流れないで、積み重なったまま
　だらうか？
廃棄物あつかひで野積みにされてゐるの
　だらうか？
この世から異界に移る瞬間、
きっとぶざまな姿をしてゐるに違ひな
　い。
病院のベッドで管を何本も体に通したま
　まか？
いや、朝か夕方には散歩する、遊歩道の
　ベンチにうつ伏せ、片方のズックは脱げ
　たままだらう。
その時、傍の植込みで、ひそと枝を離れ
　るものがある！
凍蝶か？
サザンクワの花びらのいちまいか？
或いは私の前頭葉から剥がれる、
詩によく似た何かの断片だらうか。

高橋　優子

たかはし　ゆうこ
一九四八年栃木県生まれ。詩集『花顕』『鏡』『薄緑色幻想』散文詩集『冥界（ハデス）の泉』短編集『薔薇の合図（シーニュ）』詩集『漆黒の鳥』。
詩誌「POISSON」同人。日本現代詩人会会員。

夜顔に

　その暗い通りに達すると、急に夜が訪れたかに感じられた。まだ夕暮には間があったはずなのに、青みを帯びた大気が漂い、微かな生命《いのち》の気配すら身を潜める静けさのなか、もう、夜顔がひらき始めていた。

　私たちは歩きつづけていた。かねてより、辿るべき道を互いに知ったうえで。けれどもいっときの陽の翳りと思わせながら、いつまでも光のきらめきは戻らず、暗さをました街路樹に沿って家々はさらに仄暗く、私たちは、まるで背を押されるように踏み違えたまま、見知らぬ通りへと逸れていった。

　逸れながら、その細い道をたどる屈曲の力の籠め具合が同じであるらしく、声もなくならび立って、通りの敷石を滑るように前へ前へと差しだしてゆく足取りが、そっくりであった。それでいて、同じであることさえ互いの意識にはのぼらず、こうして軒の高い、窓のない壁のつづく谷間にも似た通りをぴったりと寄り添って歩くこのときが、もはやある境を越え、溶けあったひとつの存在たりえていることを、知っていたのだ。

　眼差を交しあうと、互いの眼に、踏み残してきた夥しい草叢のなかの幻が明滅する。さらに、辿るべき陽の光を逸れてきた背後で、今ふたたび花ひらく微かな気配。それは、あなたの眼に映された塞がらない傷のような瞬きを見せ、もう、どんな夜顔とも異なっていた。今生《こんじょう》の外へと押しやられるように、周縁へ、より周縁へと見棄てられながら、同時に振り棄て見棄ててゆく私たちの足取りは、これほどにも別ちがたい。遠く、濃い青色の闇に滲みいる、ひたすらな夜顔の馥り。その甘美さから逃れるためか、私たちは密かに、貌をそむけあった。

彼方の水

　彼方で、水が光っている。その幽かな水音をともなった照り返しのまばゆさに、眼を細めながら、現実の光ではないと知っている。何処から差し込む光によって、水は輝いているのか。記憶の彼方からの影が連れてくる、はかなさの縁を辿っておとずれるもの。あれほどに激しく忘れようとした時間の影が、滲みだして、凝《ここ》ったようになり、底深い光となって水に映えるのだろうか。密かな水音を割って。

　互いの意識と風景とが溶けあって描かれた幾重もの水跡。それら、たちまち潰えていった残像をとらえようとした私の掌を、操りとらえようとするもうひとつの掌よ。朽ちてゆく桟橋の錆の匂いを留め、ひるがえっては招く掌の夕闇を、もっとも寂しく花ひらきながら、N遣いの掌の招きにまねかれてゆく私は、逢曳きの後にさらなる夕闇を踏んで、何処へ消え果てたというのか。

　彼方の水を、光が渡ってゆく。ひとたびは棄てたその瞬きの怪しさのなかに、折りたたまれた時間の幻。周縁へと振り棄てたはずのものが、地続きである水底に息をひそめて、失われたN遣いの掌になる魂のゆき交いを映し、底深い光を発していた。まるで私を待っていたかのように。周縁から、夕闇がひた寄せる。私の唇はひらかれ、ふくみゆく夕闇の冷たさに顫えながら、彼方の水音に身をゆだねる。

＊

荒地待宵草

　荒地待宵草の繁る駅から、垂れこめた雲の重なりの下を、ひっそりと列車に揺られてゆく。遠く、窓外に水辺が仄見え、樹々に縁どられた鈍いきらめきが、しきりに私の感官を誘う。幽かに滲む光輪をたたえて、それは湖ではなく、沼であるらしい。風景が生きもののように息づき、その息づきのなかから、日ごと列車に揺られ沼のほとりを通る小さな影が、一瞬の光の破片となって、降り落ちてくる。ありえたであろう私という幻。今しも、荒地待宵草の花びらがひらきかかる。だが為すすべもなく引き離され、幻の背後へ背後へと溶け入るこれらの水辺の風景を、かつて（そのとき）、はりつめた項《うなじ》をもうひとつの項《うなじ》に預けながら私は、暗い輝きだけを見ていたように思うのだ。眼の底に、遙かな水の色を映して、記憶の花びらが散りしく。

＊

　夢の隘路から、溺れるように逃れゆく途上で、待っていたもの。陸橋の暗がりを踏みしめる私の両眼をふさぐ、不意の双掌。ふさがれたまま、湿った夜の眼差をなぞる双掌に、その甘やかな見えない双つの掌の柔らかさに、声を洩らし、振り返った。もの言わぬ掌。なおも搦めとろうとする掌。荒地待宵草の、萎れかけて赤みをおびた茎が、掠れた眼の底で束ねられてゆく。痩地を這い、呻きつつ咲きついでゆく痛みが、咽喉もとに纏わり、微かにはじける。

　薄っすらと花びらがひらく瞬時も、決して映らなかった名のない鏡。甘やかではあったけれど、闇にも等しい。

ただ暮れてゆくばかりの、沼の水辺にあって、囚われた
ままわらわらと頽《くずお》れる私の膝に、滴る水が、冷たい。

（以上、詩集『漆黒の鳥』より）

夜々

肌理《きめ》ふかく滲みとおった声の、不意の瞬き
眠りと記憶の底から、見えない水の面を打って
浮かびあがる影
あなたそのものとしての影が
みじろぎを繰り返し　闇のなかで瞬く
崩れては結ぶ映像《イマージュ》の跡を曳き
濃やかな夢の密度を通って
滴ってくる声の余韻を　掬う
もっとも愛に似ていたはずのその瞬きを　掬いとり
切れぎれになった言葉の雫に
織りこまれていた夜々を　さがし求める

小暗い樹々の叢りのなか
揺れやまぬ葉ずれの響きをぬって
私の背に　まつわる声
夕闇に浸された肌理《きめ》ふかく滲みとおる声
この極まりもない懐かしさの
形姿《かたち》のない　不意の顕れ

だがあれらの夜々は　こんなにも遠い
時の網の目に溶け入ったまま
草木の冷たさに　私を置き去りにして
切れぎれになった言葉の残像だけが
投げ返される　私もまた
剝がれ散ったひとつの破片であろうか
沈められた記憶の水際で
途切れぬ血のような滴りにまみれ
さらに砕かれ

存在の明るみに躙《にじ》り寄る　隠されたものたち
それらに　身を添わせるために
幽明の仄暗い流れを渡る後姿をみせて
私の瞼に降りてくるとき
もっとも柔らかな問い掛けを携えた声が
いま　余韻となって
あふれる

（「POISSON」36章より）

Essay

Takahashi Yuko

沈黙と表現

何ひとつ書かなくとも生きられるのだろうか、果たして。たとえば感覚が感受するままにそれぞれの細胞の芽を欹《そばだ》てながら、周囲を受けとめようとして息を潜めている状態を、静かに両掌に捧げるようにして生きる。心のなかに浮かぶ数々の思いをただ明滅するにまかせて、何も言葉にせず何も表徴せず、すべて意識の奥に幾重にも折り畳み隠してしだいに病み衰え、意のままにならぬ姿をさらした後、死の世界へと反転する。ドストエフスキーの短編小説、あの『おとなしい女《クロトカヤ》』の主人公のような。胸のなかに溢れる情念を秘めて、何も語らずに、マリア像を抱いて窓から身を投げた女性。跡に残された一滴の雫のような存在。それでいいのだろうか。地に滲み徹って消えていった夥しい思念《おもい》。生命の輝きの余韻だけを残して。

大切なことは表に出さずに仕舞っておくのよ――。その言葉が、忘れられない。痛みを、苦しみを悩みを愉びを、言葉の世界に立ち上げることで漸く乗り越え生きえた自分であってみれば、感受性の糸をしぼって滴るものを、血のように暗くひかるものを、徐《しず》かに指先で書き記してきた姿がたちまち否定されたように思えて、ざらりとした感覚を抑えることができなかった。同時に、書くことの自己満足の世界から脱けだせない自らの愚かさが露呈されたようで、どのように思いを収めるべきか立ち迷い逡巡し、暗い陥穽の縁にからくも足を掛けている姿が、しきりによぎるのであった。今まで書いてきたものは何であったのか。虚しさが地を這い、私の足許を危うくする。

思うに大切なこととは、人それぞれの記憶の深みに息づき、決して消えない輝きの調ではないだろうか。その人のアイデンティティーの根幹を養うものとしての。大切なことはそれぞれに異なっていて、微妙な色あいの違いをみせながら底光りしているのだ。揺り動かされた感性と情緒に、思念と時間の奥行が縒り合わさったもの。他者からは窺いしれない、個人の体験が刻まれた細片のような記憶であるとき、或はそれらは表現されることを、待っているようにも思えるのだ。

吐息のようにふっと吐かれた先の言葉ではあったが、これはある意味、文学に限らず、表現することの機微を突いた言葉ではないだろうか。大切なことを深く心にとどめ、絶えず磨きつきつめてゆけば、自己満足の世界が薄膜のように剥がれ、表現する次元に近づいてゆきはしないだろうか。表すことが他者へのひらかれとなる次元。他者の大切なことと出遇い、響きあい、自らの大切なことがさらに磨かれてゆく可能性の地平へと。

ひとたび言葉の世界に生を繋いだ身であってみれば、書くことの愉びとともに、虚しさと背中合せになった冷たく厳しい地を這ってゆかねばならないことは、自分はもう疾うに、知っているはずであった。ここまで書いて生きて来たのであれば、他の道は辿りようもないのだった。書き続ける、それのみが残されていた。たとえ今、どれほど書けない日々であろうとも。

伊藤 浩子

いとう　ひろこ

一九七一年五月、山梨県生まれ。詩集に『名まえのない歌』（土曜美術社出版販売）、『wanderers』（土曜美術社出版販売）、『undefined』（思潮社オンデマンド）。趣味は旅行。過ちも多いけれど、小さな美しいものに満ちているこの世界の一員であることに、いつか誇りを持ちたい。

かもしかと土星環

父が倒れたとき、僕は十数年ぶりに母に会った。

母は、かつて僕が誰よりも慕っていた女とは別の女になっていた。一緒に暮らしていたときは、もっとぽってりとし、輪郭もぼんやりしていたが、それが背中からウェスト、ヒップのラインのくっきりとした美しい女に変わっていた。十年分、齢をとったはずなのに、瞳の色は淡く鮮やかで、目元の皺さえ柔らかく深く、見る人を惹きつけるようだった。一瞬、目の前にいるのが誰だか分からなかったほどだ。

僕は思わず目を逸らした。

母はそのとき、父と別れたいきさつを僕に説明したがっていたが、僕は母の話もろくに聞かず、さっさと席を立ち、自分を受け入れてもらいたがって必死な母を、その場に置き去りにした。僕は僕なりに腹を立てていたからだ、父を棄てたことに対して。父とこみで僕をも棄てたことに対して。そして、そのときの母の美しさに対して。

だけど、そんなことをするべきではなかった。少なくとも、話くらいはもっと聞いてやるべきだった。今ならそう思えるが、そのときにはどうしてもそれができなかった。

母は、父と僕はそっくりだと言った。後ろ姿や笑い声、首の傾げ方、ふとした拍子に見せる表情。

そういうのって、どんな感じか、きっとあなたには分からないと思う、母はそう言ってさびしそうに笑った。幸せだった、でもそれは、私を必要としない幸せだった、と。

僕は下を向き、数年間、昏睡状態のままでいる父の顔を改めて見つめた。

点滴の反対側には心電図があり、小さな電子音が定期的に父の命を刻んでいた。そして生命維持装置。そのすぐ脇にある父の顔も首筋も皺だらけで、白髪が混じった髪は便宜的に短くカットされている。無精ひげにも白さが目立った。唇は薄情そうに曲がり、鼻は小さく丸く、顎はややしゃくれ気味だ。二重瞼はひっそり閉じられている。父がその瞼の向こうで何を見ているのか、僕には見当もつかなかった。あるいは父にとっての永遠の女でも見ているのかもしれない。

そういえば、と僕は思う。永遠と一日、お前を愛すると謳いあげた詩人がいたな、と。詩人の名はどうしても思い出せなかったが、そこには不思議な精確さと響きがある。

それから、父がかつて、寒空の下、僕を連れまわした夜のことをふと思い出した。

まっすぐ歩けないほど酔っ払っていたくせに軽トラックを運転し、かもしかを見せると言って父はきかなかった。この辺りに絶対にいると言い張り、沼の畔で車のエンジンを止め、そしてそのうち自分だけさっさと寝てしまった。中学生になったばかりの僕は不安で仕方がなかったけれど、その不安が、逆に僕を父に近づけたんだと思う。父は哀しかったのだろう。それは対象のない、ぼんやりとした哀しみだったに違いない。

僕は翌朝、父に、かもしかなんて見なかったと言った。

それは嘘だった。

明け方、小便で目を覚ましたとき、そこにかもしかはいた。

立派な牡のかもしかだ。沼の水を飲んでいた。僕が少しだけ体を動かすと、アオの寒立ちといった格好で、じっとこっちをうかがっていた。僕はたまらなく嬉しかった。かもしかに会えたことも嬉しかったが、それ以上に、父の言っていることが本当だったことが何より嬉しかったのだ。

けれど僕は次の日、嘘をついた。つかずにはいられなかった。かもしかなんか出なかったじゃないか、僕をあんなところに連れ出して、どうするつもりだったんだ、寒かったし、酒臭くてこっちまで酔っ払いそうだった、さっさとアル中を治してくれ、そう僕は言った。

そのときの父の顔は、母が出ていったときと同じ顔をしていた。見たくもないものを、無理やり見せられているような、そんな表情だった。


平日でも、駅に近いその大学病院は人でごったがえしていた。いつの間にか改装され、入口の真正面には有名な彫刻家が造形したオブジェが飾られていた。

医師も看護師もみな親切で歯並びがよく、清潔な制服を身に付けている。そして同じように笑い、同じような受け答えをしている。

それはどことなくよそよそしい風景だった。喋り方もひっそりとして抑揚がほとんどない。その地方独特のイントネーションも消えている。患者も、見舞客も、だ。

間違った場所に放り込まれた、間違った生物のような居心地の悪さを、僕は感じ始めていた。平板な風景画のなかで、父と僕のふたりだけが、今までどおり生きて息をしている、そんな気がした。

僕は腰をかがめ、父の耳元に向かって、小さく囁いた。

「父さん、聞こえる？　僕の声、聞こえているよね？　たった今、この病室にかもしかが現れたんだ。あんまり大きな声を出すと逃げちゃうから小声でしか話せないけど、父さん、間違いなく、父さんのかもしかだよ。ずっと父さんに会いたがっていたんだ。目を見ていれば分かる。すごく透明で、まるで澄んだ湖のような目だ。

でも父さん、そのかもしかは血を流しているんだ。体中から吹き出ている。その血はね、父さん、父さんの血だし、僕の血でもあるんだ。僕にはそれが分かる。ひょっとしたら僕らだけにしか分からないのかもしれない。

だからさ、父さん、早く目を開けてくれよ。目を覚ましてほしいんだ。父さん、僕らを助けに、そして僕らから助けてもらうために、彼は遠い、遠いところからこの病室にやってきたんだ。父さん、頼むから、起きてくれ。

そしてこれ以上、僕をこんな場所にひとりきりにしないでくれよ、父さん、早くしないとかもしかは行ってしまうよ、父さん、父さんのかもしかなんだよ」

一瞬、父の頬が緩んだかのように見えたが、見間違いだったかもしれない。僕にはもう、父の笑顔も声も、そして泣き顔も思い出せなくなっていたからだ。

病院から帰宅して、部屋に入る前に郵便ポストを覗いてみると、一枚のはがきが届いていた。

差出人の名前は書かれてなかったが、誰からかはすぐに分かった。土星の写真が裏に載っていたからだ。こんなことをするのは、彼女しかいない。そのとき付き合っていた人妻の彼女だ。僕はそのとき、あろうことか人妻の女と寝ていたのだ。かつて天文学を学んでいた女。星のことなら何でも知っている。一番新しい超新星の名から、星占いの歴史まで。

神経質そうな小さな硬い文字で、はがきにはこう書かれていた。

『土星環は、あなたもご存知のとおり、ときどきとてもきつくなります。まるで、何かを捕らえて決して離そうとしない、足枷のように』

僕はそのはがきをシンクの中で燃やした。

そしていつものように、東の空が明るくなるまでドストエフスキーを読みながらウィスキーを飲んだ。

翌日の昼まで一度も起きなかったが、僕に似た誰かが父の生命維持装置のスイッチを切る夢を見て、飛び起きた。部屋には、カーテンの隙間からこぼれる真昼の光が細かい塵を照らしていて、いつも僕が起きると駆け寄ってくる飼い犬がその日は見当たらなかった。隣部屋の子どもがかわいがっていたから、夜の間にそっちに寝返ったんだろう。飼い主に愛想を尽かして。よくある話だ。

僕はしばらくベッドの端に座ってぼんやりしていた。久しぶりにむしょうに煙草が吸いたくてたまらなくなったが、あいにく切らしていた。土星環の彼女が嫌がったからだ。煙草の煙のせいで、何もかもが燃え滓になったように視えるからというのが理由だったが、それもでっちあげだったかもしれない。

僕は彼女と最後にしたセックスのことを思い出した。そして立ち上がり、バス・ルームに駆け込んで、昨夜飲んだウィスキーをすべて吐き出した。どんなに吐いても、ウィスキーは、地の底から湧き出てくる伝説の泉のようで、きりがなかった。

そんな嘘にまみれた生のなかで僕は、自分が本当の本当にひとりぼっちになったことに、やっと気づいた。

Essay

Ito Hiroko

真珠のボタン

昔、といってもたかだか十二、三年前のことだけれど、村上春樹が『海辺のカフカ』を出版した際、版元が「村上春樹への質問」というイヴェントを設け、読者からのメールを受け付けた。膨大なメールの中からいくつかを著者自身がピックアップし、返事を書き、場合によってはメールのやり取りを何度か繰り返す、というイヴェントだったが、私が送ったメールにも著者から返事が来た。詳細は省略するが、その末尾に「もし『海辺のカフカ』の登場人物だとしたら、あなたは自分を誰だと思いますか?」と記されてあった。或いは誰にでも投げかけた質問だったのかもしれないが、不思議とその質問自体が私の心に残っている。

返した言葉は、「そんな難しい質問にはとても答えられない」というものだったが、今だったら、そんな不愛想に答えずにきっとこんなふうに書くだろう、「誰とは言えない、けれど、名前を持たない登場人物として、生きて動いている存在として、すでにそこにいると思う、例えば、少年カフカが使った駅のプラット・ホームにたたずむ女性として、ナカタさんが佐伯さんの日記を焼いた海辺に遊ぶ子どもとして、或いは、中野区に降ったサバを喜ぶ一匹の猫の飼い主として」と。これは『海辺のカフカ』を少なくとも二〇回は読んだ私の、紛れもない実感だった。私という人間は、村上春樹という作家の作品、意識、思考、無意識のなかに既に含まれて再現されているという感覚。そのとき私は、(その作品のなかに含まれている)私という存在を、果てしなく小さいけれど、同時にどうしようもなく愛しい存在として感じることができた。これは、現代小説を読んでいて初めて感じた、読者としても、詩の書き手としても大事な、大事な「なにか」だった。

同じことを『真珠のボタン』という映画作品からも感じとることができる。監督のパトリシオ・グスマンは、南米チリに在住の先住民の光と影に焦点を当て、水や星、海、川などのメタファーを使い、チリの歴史、そこで行われた過ちと罪、失われた人々の哀しみと神々しさを描き出すことに見事に成功している。

宇宙に水が存在していることは既に知られている事実だ。その水を衝突した彗星が地球に運び込み、海を作った。そしてそこに生物は誕生し進化し、人類は産まれた。或いはこうも言えるだろう、私たち人間の身体の七〇%は水でできている、だから人間は紛れもなく「水の民」なのだ、と。

西パタゴニアの先住民、少数民族のカウェスカル族の末裔のガブリエラの言葉に、私は、私自身がこれまで語りたくてついに語り得なかった言葉を聴く。剝き出しになった膚に、衣類の代わりに星雲のような絵を描いたセルクナム族の姿に、私は、描き得なかった私自身の夢を観る。或いは、海を墓場として虐殺され、三〇年後に海辺に打ち上げられた遺体の瞳の先に、私自身の蛮行の存在を知る。そう、この『真珠のボタン』は南米チリを舞台に借りた、「私」の物語であり、人類の、いや、「あなた」の物語でもあるのだ。この映画を観ながら、私は何度も「赦してほしい」と呟かずにはいられなかった。何に対して、或いは誰に対して、私は呟いたのだろう? その答えはいまでも出せずにいる。

最後に、海洋学者テイドール・シュヴェンクの言葉を引用して拙稿を閉じる。

「考えるという行為は、すべてのものに適応するという水の能力に似ている。人間の思考の原理は水と同じだ。あらかじめ、あらゆるものに順応するようにできているのだ」

私はいま、私の手のなかにある幻の〝真珠のボタン〟を見つめている。

棚沢 永子

たなざわ　えいこ
一九五九年東京生まれ。大学卒業後、ちょうど創刊された新川和江・吉原幸子編集の「現代詩ラ・メール」の実務に携わる。現在はフリーとして、侃侃房の本の東京営業や校正作業のお手伝いなどをしています。

猫に恋する　今日も気ままに猫的読書 2

猫への思い。それは、常に常に満たされることのない恋愛感情に似ている、と言ったのは誰だっただろう。

猫に対する私の最初のせつない記憶は、幼稚園児の頃にさかのぼる。家には一匹の黒猫がいた。たしかクロとか、そういうありきたりな名前の、人なつこい猫だった。

あるときその猫を、家にときどき遊びに来ていた従姉と、姉と、私の三人でシェアすることになった。どういういきさつだったかは、もう定かではない。とにかく、「じゃあ分けっこね」ということになって、従姉のゆうこちゃんは猫の頭を、姉は胴体を所有し、そして私には当然のようにしっぽが与えられた。

もちろん私は不満だった。でもしかたがない。年齢に相応した力関係は絶対で、ちびの私にはくつがえすことはできなかったからだ。常に私はみそっかすのポジションに甘んじ、抗議は許されなかった（そうはいっても、頑として泣きやまずに姉たちを閉口させ、母親に介入させるという姑息な手段をもって優位を勝ち取ることはあったが。しかしながら、それはあくまで最終手段であり、安易に使うと恐ろしい報復のつぶてが待っていることを、私は本能的に知っていた）。

そして、私たち三人はそれぞれの部位を大事に抱えて撫でまわし、嫌がる猫をしつこくいたぶり、ついに猫は猛然と爪をたてたかと思うと、くるりと身をひるがえして遁走した。まあ、当然といえば当然のなりゆきである。

あのときの、幼く、ほろ苦く、ヒリヒリと痛い失恋の思い出。それが、私の最初の鮮烈な猫体験の記憶である。あれからおよそ半世紀の年月が過ぎ、その間に猫が身近にいたことは何度かあったけれど、あのときの痛みを忘れることはできない。

一年ほど前、久しぶりに子猫を貰い受け、猫は家族みんなのアイドルとなった。しかし、プライドの高い彼女は、決して自分からは人間の膝に乗ってこない。なかなか抱っこもさせてくれず、抱いてもすぐに「いやーん」と身をくねらせて、腕をすり抜けて行ってしまう。けっこうせつない。寝るときに「おいで～」と猫なで声で布団を持ち上げてやっても、ちっとも布団には入って来てくれない。仕方がないから、熟睡している猫の隣にこっそりくっついて横になると、ようやくしばしの添い寝が許されるといった次第。

正直、こんなちっこい猫に、一家してどれだけ振り回されているのか、と思う。

猫は何も考えていないようで、意外と利口者だ。夜、ご飯時になってもちっとも姿を見せないなあと思っていると、ちゃっかり階下の義父のところで大好きなおやつをもらっていたりする。義父はねだられると、絶対に嫌と言えない。猫はそれを知っているから、義父の前にちょこんと三角に座って、足を少しだけふみふみし、声になるかならないぐらいのかすかな声で「うーん」と鳴くのだ。これで一発KO。

「お、来たのか。おやつが欲しいのかい?」

などと言って、義父はいそいそと冷蔵庫を開ける。

このかすかな鳴き声というのは、前回ご紹介したポール・ギャリコの『猫語の教科書』(ちくま文庫)でも「声を出さないニャーオ」の術として紹介されている。主人公の猫ツィツァが言うには、「声なしのニャーオはあまりにもたよりなげな気配をただよわすので、人間は仏心をおこさずにはいられない」のだそうだ。なるほどー。我が家の猫はこれにさらに小さな足踏みまで添えるものだから、その効果たるや絶大。特に、義父と夫はもう、「おやつより、ご飯をあげたいんだけど」とか、「そんなに何度もあげたらお腹こわしちゃうよ」なんて言ったって、まったく耳に入らない。せがまれればすぐにおやつをあげてしまうのである。この点、うちの男衆はまるで駄目なのだった。

猫をもらうことになった頃、『猫と庄造と二人のおんな』(新潮文庫)という谷崎潤一郎の短い小説を読んだ。猫の名前を付けるのに、昔読んだ本に出てきた猫や、作家や詩人の飼い猫の名前をみてみようと思い、あれこれひっくり返していて、偶然行き当たった本だ。なんとまあ、粋なタイトルだこと、と思って、ついパラパラとめくってみたところが、谷崎ワールドの妖しさにまんまとはまって一気読み。

庄造という優柔不断なへなちょこ男を二人の女が取り合うという、なんとも滑稽でもの哀しい話なのであるが、そこにリリーという名前の一匹の牝猫が配置されることで、どうにもやるかたない人間の業のようなものがあぶり出されていく。みんな自分勝手で情けなくて、読み進むうちに、思わず「ううむ」と考え込んでしまう。

姑に追い出された前妻の品子が、その後釜に座った福子にこんな手紙を送りつけるところから、この物語は始まる。

「福子さんどうぞ考えて下さい私は自分の命よりも大切な人を、………いいえ、そればかりか、あの人と作っていた楽しい家庭のすべてのものを、残らず貴女にお譲りしたのです。(略)せめてリリーちゃん譲って下すってもよくはありません?」

庄造に文字どおり猫かわいがりされている美猫のリリーにちょっと嫉妬している福子は、たかが猫ぐらいと気を許していると自分のように猫以下になっちゃいますよ、と品子にそそのかされて、猫を手放すようにと庄造に迫る。もちろん庄造はなんのかんのと理由をつけて抵抗するのだが、すったもんだの末、ついにリリーは品子の掌中に。

品子はもともと猫なんか好きではないが、彼女には猫を使って庄造とよりを戻そうという魂胆があるわけだ。ところが、けなげなその姿にいつのまにかほだされ、己もいつのまにか猫の虜になっていく。また庄造のほうも、猫のことが恋しくて、ついつい昔の女のところに様子を見に行ってしまう。ふらふら、ゆらゆらと、猫に翻弄されながら、みんなちっとも幸せになれそうもない。愚かで、どこか愛おしい人間たちの話。

ところがこの庄造の描写が、実はうちの男衆の姿とつい重なってしまうから、ちょっと困ったような、可笑しいような。だって、庄造はリリーに好物の小鯵の二杯酢を際限なくあげちゃうんだものね。あら、うちと同じじゃん。

まんまとお気に入りのベッドやご飯のおすそわけを手に入れたポール・ギャリコの猫も、こんなことを言っている。

「男性は、コツさえつかめば、操縦は簡単です」


さて、ダメな男衆といって、もう一人思い出すのは、やっぱり『ノラや』（ちくま文庫・内田百閒集成９）の内田百閒である。

百閒先生は不気味で、首筋がうすら寒くなるような魅惑的な物語をたくさん書いた人なのに、ことこの「ノラのこと」に関してはまったく手放しの猫バカとしか言いようがない。ある日ふいに行方知れずになってしまった飼い猫ノラを大騒ぎで探し回り、めそめそと泣き暮らしながら「ノラや、ノラや、ノラや」と日記に延々と書きつける。警察に捜索願を出し、新聞には広告を載せ、何度も折り込みチラシを配り、ノラに似た猫がいると聞けばどこにでも飛んで行く。ノラが好きだった風呂場のふたを見るのが辛くて風呂にも入れず、仕事もまったく手につかず、痩せて眼も見えなくなるぐらいの衰弱ぶりに皆は同情もするけれど、時には不審な訪問客があったり脅迫まがいの電話までかかってくる始末。それでも猫は見つからない。

「ノラや、ノラや、お前はもう帰ってこないのか」と、毎日毎晩、行方不明の猫を思って涙を流す百閒の姿は実に女々しく、情けなく、やはり滑稽でさえある。しかし、どんなに滑稽でみっともなくても、そこには少しの嘘も虚飾もない。こんなふうに泣き暮らしてもらえるなんて、猫冥利に尽きるではないか。私が死んだら、こんなに泣いてくれる人がいるだろうか。そう思うと、ちょっとノラに嫉妬さえ覚える（あら、私も谷崎の女たちみたいじゃん）。

やがて、百閒の家には新顔の猫が出入りするようになる。この猫はノラと同じ毛並みで、しっぽの形だけが違うため、最初のうちはノラのことを思い出して見るのも辛かった。しかしその毛並みがノラ探しにも役立つだろう、と思い直し、クルツ（愛称クル）と名付けて飼いはじめる。このクルツがまた人なつこい猫で、布団にもぐり込んできたり、先生のお酒の席につきあって一緒に刺身を食べ、話し相手になったりもする。このクルツは先生の家で五年の歳月を暮らした後、病に倒れ、号泣する家族に見守られながらその小さな息を引き取る。

ノラがいなくなってからクルツの死までは、「ノラや」から「ノラやノラや」「ノラに降る村しぐれ」「ノラ未だ帰らず」「猫の耳の秋風」「クルやお前か」などへと書き継がれていく。この一連の手記は百閒先生の赤裸々な心情の吐露であり、なりふり構わぬその姿は、どんな悲恋の物語よりも辛くやるせない。

そして、クルツが死んだ後に「カーテル・クルツ補遺」で描かれるその心中は、愛おしく、静かに深く人々の胸に染み透ってくる。百閒先生とノラとクルツの物語はここに完結し、永く私たちの心に刻み込まれるのだ。


「クルはいますね」

「いるよ」

（略）こないだ机の前で徹夜して、明かるくなってから疲れて横になると、すぐにうとうとと眠りかけた。その時、まだすっかり寝てはいない私の足の上に、早速クルがやって来た。

おやじさん、済んだか。御苦労さまとクルが云いに来たと私は思った。それで足の上にクルを乗せた儘《まま》、いい心持に寝入った。

もう半年近く前に死んだクルツが、ときどき百閒先生のもとにやって来ては、以前と同じように膝の上に乗る。それは幻であって、しかし幻ではない。クルツはずっと先生の心の中に生きていて、ふとした折に姿を現す。膝に乗ればその重みや体温さえ感じられる。しかしそれはとても自然で、先生は、いつでも出て来ていいのだよ、と心の中のクルに話しかける。

動物も、人間も、いきものは必ず死ぬ。それが自然の摂理だ。生きていれば必ず別れがあり、それは万人の悲しみであるけれど、同時にまた究極の個人のものでもある。ノラもクルツも百閒自身の心の中に生き続け、彼が生きているかぎり滅びることはない。

こうやって、覚えていてくれる人がいるかぎり、死は真暗な闇ではないのかもしれない。そう思えば、逝く者にとっても残される者にとっても、死はそれほど怖いものではないのかな、などと思ったりもする。たぶん、それまでにはたくさん、たくさんジタバタはするのだろうけれど、それもまた自然でよし、……なのかもしれない。

わが家にやってきた猫は黒白の八割れ模様で、手足に白足袋をはいたような姿であったことから、結局「タビ」と名付けられた。私としては、人間たちを眩惑する美猫の「リリー」も、また、先生に溺愛された「ノラ」や「クルツ」の名も捨てがたかったのだが、家族会議ではあえなく却下。

人間くさい谷崎文学の魅力も、百閒先生の手放しの愛も、家人にはまったく理解してもらえなかったという、今回のお話。

白足袋をはいた猫「タビ」

田島 安江

たじま　やすえ
一九四五年大分県生まれ。所属詩誌「侃侃」。既刊詩集『金ピカの鍋で雲を煮る』『水の家』『博多湾に霧の出る日は、』『トカゲの人』『遠いサバンナ』共編訳・劉暁波詩集『牢屋の鼠』。

耳の声

耳の鼓膜を包む耳垢
小さな点が少しずつ膨らんで
やがては平べったい耳垢になるらしい
わたしの中で耳垢は
声を吸収し
壁になったり
闇になったり
風を通す障子になったりする
そっと耳をすませ
恐怖が通りすぎるのを待つ
心が発酵するのを待つ
耳がピンと声を吸う

大人になり
はじめてハイヒールを履いた日から
どこに行くにもハイヒール
とにかくやめられない
足裏にピタリと吸い付いたものが
這い上がってくるのを阻止しようとやたら歩く

蔓紫に蔓竜胆、雪の下、烏瓜
つぎつぎとからまってくる蔓
絡め取られてなるものかと
ピンと背筋を伸ばし
あの場所に向かう
かつかつと靴音を響かせながら
誰に会うつもりだったのか
誰にも会わないつもりだったのか
もう思い出せない

ある日とつぜん
耳が声を吸わなくなった
その日からハイヒールをやめた
蔓がからまったままのハイヒールは
下駄箱にそっとそのまま置かれている
何度も何度も引っ越しを重ねたのに捨てられず

ハイヒールをやめてから
耳に届く声もぐんと減った
蔓に絡め取られたのかもしれない

雨のなかを

雨がひっきりなしに

駅前の小さな電話ボックス
少女の私が十円玉を握りしめて電話の声を聞いています

人形が座っているのでした
声にならない声でひそかに話していました
夜半には人形たちが話しているのをじっと聞いているのでした

電話ボックスのガラスを伝って
雨がひっきりなしに降っています

動物園から抜けだしたキリンと
日本橋の橋の上にいる麒麟が話をしています
どちらも飛べないのに
飛べないからこそキリンたちの眼に青い光が灯っています

夢などもうみなくていい
そう思うと電話ボックスはみつかりません
飛べないカラスのように
出口のないマンホールのようにじっとそこにはいないから

蜜蜂が転落して死にました
小さな教会のかたすみで
時計のネジをまくと
耳の奥で音がふるえるのです
空を縫いこむように谷を越え
深々と深緑をうめつくし
地中深く眠っていた声が
キリンのからだを通って漏れでてくるのでした

電話ボックスのガラスを伝って
雨がひっきりなしに降っていました

雨のなかを狐が

その屋敷の前を通ると、門からちらっと中がみえた
格子のはまった部屋が覗ける
目だけになったひとがすがるような目を向ける
一瞬のことで何一つ確かではないけれど
それは母だったかもしれない
ねむの木の緑の葉がたたまれていくのを
目の端に収めながら信号を渡っていく
霧の中を狐が道を渡りしばらくしてから戻ってきて
さきほどの屋敷の前にいる
霧が晴れるまでに戻らないと屋敷は消えてしまうのに
霧をまとって父でも母でもない人が屋敷の中に消える

雨が降ると

緑の葉に

卵をはさみ野菜をはさみ果物をはさむ
はさまれた人の言葉もはさむ
ラーメンをすすりうどんをすすりスープをすする
道がぬかるみ霞んでよく見えない
足元を過ぎていくものにまるごとのまれてしまう
卵を炒める玉ねぎを炒める
流しに洗い物がたまっていく
わたしは葡萄を食べている

月が出ない夜
雨の音を聞くと涅槃図に影がさす
狐に誘われて動き出すものたち
道後の温泉で昔ながらの湯に狐が浸っていたと
狐に会えばすぐに帰るからと
でかけたまま帰ってこない母の影は
今頃どこまでいっただろう
湯がひたひたと寄せてくる

雨のあがった朝

姉は朝から紅茶を飲み
妹は朝からトーストを食べる
雨があがっても
姉も妹もどこにも出かけない

姉は10時になると赤い絵の具で時計の針を描く
妹は10時になると青い絵の具で水の流れをつくる

姉は昼になるとサラダをつくる
妹は昼になるとスープをつくる
姉も妹もゆっくりとランチを食べる

姉は午後になると庭の縁に石を積む
妹は石に沿って木を植える

石を動かすだけで、水の方向はいつでも変えられる
水がたたえられる
石は水を吸い光が石を割る
とつぜん流れを変えた水は夜になると枕の下を流れる

雨があがったのに
姉や妹を誰も訪ねてこない
姉は夕方になると井戸の底に降りていく
妹はゆっくりと水をくむ
　喉を通る水の冷たさに失神しそうになる
姉が泳ぎながらわたっていく
妹は水の流れをじっとみている
姉はもう街に着いただろうか
妹は夜になるまでにベッドを整えシーツにアイロンをかける
　石を積む石が崩れる石を積む石が崩れる
姉は黙って自分の顔を創りかえる
妹も黙って自分の顔を創りかえる
復顔が終わると
電話が鳴るのを待つ
じっと

Essay

Tajima Yasue

国東《くにさき》へ

昨年から今年にかけて、故郷の国東半島を再訪した。国東は六郷満山と呼ばれ、平安仏教が栄えた仏の里である。子どものころは、遠足といえば、真木大堂や熊野磨崖仏まで歩いた。子どもの足でたぶん、2時間はかかっただろう。努力遠足とかで、弁当だけ、おやつはなしであった。それでも、子どものことだから、いろんな工夫をした。水筒には甘いお茶。肉桂の根を掘ってきれいに洗い、みんなで分けたりもした。肉桂をかじる、それだけのことだが、口の中にシナモンの香りがただよい、その香りを長く楽しんだ。今ならさしずめガムを噛み続けるようなものだろうか。

そんなことを思いながら、寺や神社を回った。国東は早くから神仏習合の地である。回りながら、わたしは、この風景に育てられたことを知った。幼いころから、寺も神社もすぐ身近にあったので神社と寺と、どちらも同じように願い事をするところのように思っていた。祖母に連れられての寺詣りのせいかもしれない。三社詣りとかご朱印集めなど知らない頃のことだ。

富貴寺や両子寺、宇佐神宮ほかなじみの寺社は十指を超える。なかでも宇佐神宮はもっとも近い存在だった。全国4万社もの八幡宮の総本山であり、全国からお詣りの人が訪れると知ったのは後のことで、宇佐神宮の境内は、まるでふだんのまち歩きのような気軽さで、事あるごとに訪れるところだった。725年創建というから、1290年にもなるらしい。

わたしが育ったのは小さな村落だったのだが、よく知らないままに加わっていた行事もあった。たとえば「お接待」。国東半島で広く行われた行事で、弘法大師への供養、報恩の行事だということを大人になって知った。春と秋に行われる。子どもだったわたしたちは、布の袋を下げて、集落を回るのである。ひたすら、旗が立っているところをめざす。そのあたりの女性たちが食べ物を振る舞ってくれた。餅やかき餅、あられ、蜜柑など。まだ甘いもののなかった時代だったので、水飴を舐めさせてもらったり、塩餡の餅などを持たせてもらい、みんなが笑顔だった。お接待は、お賽銭を上げてお詣りをした人に振る舞われるようなのだが、小遣いなどもらったことのない子どもたちがお賽銭を上げたとは思えない。きっと大人が子どもの分までしてくれていたのだろう。昔ながらのお寿司やおにぎり、うどんを振る舞うところもあるようだが、昨今は、手間を省いて、袋菓子だけのふるまいに変わるところが増えているそうだ。

子どものころは甘いものの味を知らなかったので、甘いものがなくても不自由を感じたことはなかった気がする。常に何がしかの果物や干し芋、ポンポン菓子など、お金がなくても食べられるおやつがあった。ポンポン菓子は、お米と薪、それに僅かなお金を持っていけば、袋いっぱいのポンポン菓子が手に入り、大喜びであった。

ほかにも、修正鬼会の火祭り、神楽、獅子舞、山車、神輿など、つぎつぎに行事があって、子どもたちにはたのしみも多かった。田植えと稲刈り時期に1週間ほどの農繁休暇があり、みんな家の手伝いをすませると、夏祭り、秋祭りが待っていたし、暮れやお正月、雛祭りと忙しく過ごしたことなど……。あの賑わいはもうすっかり遠のいてしまった。

鈴木ユリイカ

すずき　ゆりいか
一九四一年岐阜市生まれ。現在自由な女たちの詩誌「something」を発行している。aoiuem's Blog-a Happy Blog
現代詩文庫『鈴木ユリイカ詩集』（思潮社）。田中庸介さんの「妃」に参加。

私を夢だと思ってください

――フランツ・カフカ

プラハのガラス張りの窓のついた二つのビルの間にあなたの
10メートルもある頭が立っている
ステンレスの巨大なあなたの頭はぐるぐる回り星や花々のよう
　に見え
大きな目は考えたり　悲しそうだったり　夢みるようだった
あなたは一度は死んだのだから　もう死ぬことはないのだった
あなたは未来を見つめていた　未来そのものだった
そして　人々は懐かしそうに　あなたをしばらく見つめ
去っていくのだった

生きている時　あなたは　ひとつひとつが悲しみのなかに
あった　苦しみのなかにもあった
どうすればいいのか　誰にもわからなかったし
何か方法もわからなかった
労働者災害保険局の仕事の合間に　毎日食べたり　飲んだり
眠ったりしながら
あなたはまるで　詩のような短い小説を書いていた

その時代は　神は死んだのだから　神が残した苦しみを
こんどはひとりひとりの　人間が背負わなければ
ならなかった　なんと言うこと
あなたは　書いているなかで　生きることを覚えた
そして　物語のなかで　死ぬことを覚えた
その昔　若きウェルテルが　悩み死んだように
ゲオルク・ベンデマンも死んでいった
グレゴール・ザムザはちょっと仕事を休みたいために
虫になって天井を這って歩いたりした
それから　死んでいった
カール・ロスマンはアメリカの大都会に消えていった
ヨーゼフ・Kは心臓をナイフでえぐられて死んでしまった

結核になり　咳がとまらなくなり
眠ることも　目覚めていることも出来なくなった時
雪のふる城のある村にいって　霧と闇のなかで
小説を書いた　奇跡のように　それは書かれた

昔　ひとりの女が現れた時　その刺激で最初の物語が
できあがったように　あなたは何度も奇跡のように

くぐりぬけた

そして　夢をみた

苦しみは次から次へやってきたが　ひとつひとつの作品は
驚くべき成長をなしとげた　そして　途方もない世界を
まよいながら歩いていた

恋をしながら　花のように散る　その恋をながめながら
映画をみて涙した　スキーですべるように　闇のなかで
何もみえなくなった

苦しみは監獄のように　私たちを縛り付けているが
その苦しみがあるために　何か不屈なものができ
やがて解放される時を　思い浮かべることができた

あなたはマックス・ブロートのお父さんが居眠りしている
玄関の間にまちがって入り　恐縮して退散するときにそっと
「私を夢だと思ってください」とつぶやいた
お父さんはどんな夢をみたのだろう

最後の時　あなたの若い天使のような伴侶が
花を買ってきて言った
「フランツ、きれいな花ですよ、みてごらん、かいでごらん」
すると、一度こときれていると思われたカフカは身を起こし
花の匂いをかいだ　左の目を大きくあけた*

あなたはこときれた　すると神は死んだ
私も死にそうになった

しかし　私はまたプラハの巨大なステンレスの
あなたの頭を眺めた
私たちにはまた新しい苦しみがはじまっていた
どうしていいのかわからない　誰も助けてくれない
息がつけないような苦しみを一人一人が抱えている
しかし　あなたはきらきら輝いてぐるぐる回り
考えたり　悩んだり　ほんの少し微笑む
カフカ、カフカ、カフカ
たとえ奈落の底に落ち続けても
あなたはすぐ浮かびあがってくる
そうして　生きることを教えてくれる
夕方がきても　夜がきても　雪がふってもね
あなたは未来を見つめていた　未来そのものだった

＊参考文献　『回想のなかのカフカ』
ハンス-ゲルト・コッホ　吉田仙太郎 訳　平凡社
『カフカ彷徨』井上正篤　同学社
『カフカの生涯』池内紀　白水Uブックス
『カフカ』リッチー・ロバートソン　岩波書店
『カフカの書き方』池内紀　新潮社

帽子をかむった星に会いたい

ブラジルのどこかの野原で
夜が近づいていたが
草はまだ動いていた
夜になっても草は動くことがあるのだ
たった一本の電柱の灯はついていなかった
誰もいない黒くなりかけた野原に
男が一人やって来た
男は寂しそうに野原を眺めた
今日一日が何ごともなく終わろうとしている
と男は思った
それから電柱のあたりをじっと見ていたが
急に腰を抜かして地面にころがった

いまは看護師さんと呼ぶが
わたしたちは看護婦さんと呼んでいた
わたしたちは十五年間も看護婦さんが詩を読むのを
聞いていた
看護婦さんは壺井繁治の「空の中には／空だけあった」
が好きだと言った
看護婦さんはいつもは「分刻み」の
仕事をしていると言った
それなのにどうしていつもあんなに
静かに詩を読むのだろう
わたしは皿の上に注射器や薬やタオルを
並べるのだろうかと思った
仕事には順序があってリズムもあって
それを繰り返しているうちにベテランに
なっていくのだろうかと思った
看護婦さんは幼い頃ブラジルのサンパウロの近くに
住んでいて　隣の家が見えなかったと言った
わたしは台湾の台北の家に住んでいたけれど
わたしは幼い頃、ブラジルのサンパウロの近くの
見えない隣の家に住んでいたかったと思った
幼い頃友達になれたら　彼女のように働く人間に
なれるだろうかと思った
全く途方もないことを考えていた

野原の向こうの電柱のあたりに
空いっぱいの帽子をかむった星が
地球に会いにやって来ていた
その星は帽子のかげに隠れて
美しい地球にキスしようとしていた
星が星にキスすることはありうるだろうか
星が星にキスするのは危険だと
腰を抜かした男は考えた
帽子をかむった星と地球はずいぶん近づいて
見つめあったが
アダムの指と神の指のように触れあわなかった
それから　楽しい音楽がやって来た
動物園から象やキリンや熊や猿やあらゆる動物たちが

逃げてきてダンスした
海のほうからあらゆる魚たちが飛びはねながら
やって来た
虫たちもやって来てやかましかった
人間もほんの少しやって来て
夜の生きもののカーニバルに加わった
それから　あっという間に帽子をかむった
星は消えてしまった
もし、それがＮＡＳＡの間違い写真だとしても
ブラジルのどこかに小さい帽子をかむった星が
やって来たことは間違いない
草も動物も魚も人間も一週間も楽しい夢を見ているのだから
夏は真夏の夜の夢を見るに限る

Essay

Suzuki Yuriika

アリス・マンローの驚くべき小説

年をとってくると、今まで食べたことのないものを食べたり、今まで会ったことのない人物に会ったり、とにかく経験したことのないことに出会ったりするものらしい。少し前から読もうとしていたのに、どうしても読めない本があった。それがカナダの女の作家アリス・マンローの本でノーベル賞を受賞した。それに05年のタイム誌の「世界でもっとも影響力のある１００人」に選ばれていた。私は心底驚いてしまった。小説というもの、それも短篇というものでも時間をかけて読まなければ何がなんだかわからなくなってしまうのである。一体この人は何を考えて生きているのだろう？　人間をどんなふうに思っているのだろう？　ある人が「彼女の物語はページの上でじっとしていることを拒む生きもののようである」といっている。生きものといっても全部人間なので、恐ろしくもあり、魅惑的でもある。この短篇を一篇一篇読むと私のどこかが静かになり、自由になった。まず、マンローの人間を理解する、その理解の仕方が違うのだと思う。しかし、彼女はカナダ人だから、木も好きである。じっと窓の外を見て木を探し、それから小説が始まる。でも、日本の木とは少し違うような気もする。

編集後記

テレビで見たのだが、最近20代、30代、40代の女性の自殺と自殺未遂が多くなっているらしい。最近の暗いニュースの中でもかなりのショックを受けた。

その女性たちは紙一重で死んでしまったり、助かったりする。田舎から都会に出てきて、幼い時に両親からDVを受けて人間関係がうまくいかなくなっていたり、夫からDVを受けていのちが危なくなっていたり、貧困で行動できなくなったりして薬をたくさん飲んで救急車に運ばれたりしているという。私のリウマチで通っている杏林病院なんかにたくさん運ばれてきていた。これは資本主義社会の悪の中で起こる出来事だそうで、女たちは女たちでなんとかして助け合いたいと思った。

●鈴木ユリイカ

…………………

東京でのルームシェア顛末記にも後日談がある。あのドタバタを大いに同情され、ありがたいことにしばらくなら、と、滞在場所を提供してくださる方があった。詩ではつながっているけれど、お会いしたことのない方からのはじめての電話。その後お会いすることができ、旧友のように話せたのもうれしかったし、東京のホテルを心配しなくてよくなった。また、京都に行くといえば、秋深い京都の一日を共に過ごそうと東京からでかけてくれた人もいた。一人旅は慣れているし、気楽だとはいえ、たまにはしんみり、同じ部屋で、来し方のあれやこれや、文学や音楽、アートのことなど、語り尽くすのもいいものだと感じた旅であった。

●田島安江

…………………

中島京子さんの小説『小さいおうち』では、一般家庭の穏やかな日々の中に、いつのまにか戦争が入り込んでくる時代の怖さが描かれていた。このところ国の内外では様々な出来事があって、今まさにそんな感じの空気が漂っているような気がしてならない。とても嫌な感じだ。

安保法案成立前夜には、とりあえずデモにも行ってみた。国会を取り巻く人々の熱気に、まだ世の中捨てたもんじゃないな、と思った。危ういと思うこの気持ちを忘れまい、とも思った。でもその後に実際何ができただろう。今はただ、こうして言葉にする、それだけしかできない自分がもどかしいです。

●棚沢永子

『something』は同人誌ではありません。『something』では作品の既発表・未発表にかかわらず、詩人たちが自らのセレクションによってそれぞれ4頁を構成しています。

something22

二〇一五年十二月三十日　第一刷発行

編集・発行人／サムシングプレス　鈴木 ユリイカ
〒一八〇-〇〇〇六
武蔵野市中町三-一-九-三〇二

編集／田島 安江　棚沢 永子

発行所／書肆侃侃房（しょしかんかんぼう）
〒八一〇-〇〇四一
福岡市中央区大名二-八-一八
天神パークビル五〇一号（システムクリエート内）
電話　〇九二-七三五-二八〇二
FAX　〇九二-七三五-二七九二
http://www.kankanbou.com/
info@kankanbou.com

表紙・本文デザイン／日高 信生
写真／田島安江
DTP／黒木留実（書肆侃侃房）
印刷・製本／大同印刷株式会社

ISBN 978-4-86385-209-9 C0492